念珠集

段庆林 著

黄河出版传媒集团
宁夏人民出版社

图书在版编目(CIP)数据

念珠集 / 段庆林著. — 银川:宁夏人民出版社,2015.12
ISBN 978-7-227-06253-0

Ⅰ.①念… Ⅱ.①段… Ⅲ.①诗集—中国—当代 Ⅳ.①I227

中国版本图书馆 CIP 数据核字(2016)第 005470 号

念珠集	段庆林 著

责任编辑　姚小云
封面设计　张　宁　耿中声
责任印制　肖　艳

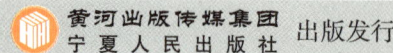

出 版 人　王杨宝
地　　址　宁夏银川市北京东路139号出版大厦(750001)
网　　址　http://www.nxpph.com　　http://www.yrpubm.com
网上书店　http://shop126547358.taobao.com　http://www.hh-book.com
电子信箱　nxrmcbs@126.com　　renminshe@yrpubm.com
邮购电话　0951-5019391　5052104
经　　销　全国新华书店
印刷装订　宁夏精捷彩色印务有限公司
印刷委托书号　(宁)0001997

开本　880mm×1230mm　　1/32
印张　9.25　　字数　180千字
版次　2017年5月第1版
印次　2017年5月第1次印刷
书号　ISBN 978-7-227-06253-0/I·1611
定价　36.00元

版权所有　侵权必究

作者简介

段庆林,宁夏社会科学院党组成员、副院长、研究员,宁夏社会科学院学术委员会副主任、学术带头人。中国区域经济学会常务理事,中国生态经济学学会常务理事,宁夏经济学会副会长,宁夏大学客座教授,北方民族大学硕士生导师,宁夏师范学院特聘教授。宁夏回族自治区政协委员,宁夏回族自治区空间规划评议委员会专家委员,宁夏内陆开放型经济试验区专家咨询委员会成员,自治区扶贫办专家咨询委员会成员,中国人民银行货币政策委员会专家库成员等。中组部等单位选派的首届"西部之光"访问学者。入选宁夏"新世纪313人才工程"学术技术带头人,是享受宁夏回族自治区人民政府特殊津贴专家。

段庆林的研究领域涉及"一带一路"、内陆开放型经济与中阿经贸关系、中国农村经济、西北区域经济、宁夏经济社会重大发展战略问题等,完成科研成果一百多万字。出版有《中国农村家庭经济研究》《城与乡》等专著,参与主编《宁夏蓝皮书》《中阿蓝皮书》《西北蓝皮书》等十多部。已经在《管理世界》《经济学家》《社会学研究》《战略与管理》《中国农村经济》等学术期刊公开发表论文百余篇。有十多篇论文被中国人民大学复印报刊资料有关专题全文转载,或被《中国社会科学文摘》杂志摘编。研究成果获得十多次省部级奖励。对策报告多次获得自治区党政主要领导肯定性批示。曾为自治区党委理论务虚会讲解宁夏打造丝绸之路经济带战略支点专题。段庆林在一些研究领域具有全国性学术影响,研究成果得到了学术界的肯定。

段庆林业余时间从事文学创作,在《朔方》《黄河文学》《宁夏日报》《中华诗词》《大海洋》诗杂志等全国及日本的报刊中发表新诗、古体诗词曲、散文、评论等一百多首(篇),有多篇作品在全国性的征文中获奖,是宁夏入选《二十世纪诗词文献汇编》的唯一作家,还入选《当代散曲百家选》《宁夏文学作品精选》《宁夏诗歌选》等多种选集。新诗创作提倡"新现代格律诗"。段庆林1990年加入宁夏诗词学会,1993年加入中华诗词学会,1995年加入宁夏作家协会,2002年被选举为宁夏诗词学会最年轻的副会长。现系宁夏作家协会会员、宁夏诗词学会副会长。著有《宁夏当代旧体诗简史》,旧体诗词曲《念珠集》并附录新诗《丁香集》(合著)等。秦克温先生称赞段庆林是"塞上诗坛双星座"之一,"宁夏散曲第一人"。

风物日之新，桑梓世之遗。生彼析柳地，少小桑梓奇。後墙桑猗猗，田烟匀枣齐。朔风吹雨陌，也菱稻麦葱，沧桑沥翦怆忾。娘惜蚕衣裳，大宜巢蚕无篚，徒折近桑肥孕甚于乘甚重。心仪至桑惟花聚无花菓，伊叶浓头乙酸未熟菓已稀。一粒蚕嘴皆数粧每欲扒攀，高桑枝由日落桑榆西欲烟袅。起乳老矶小婶归家，噆兑紫复主溪陂洗褐姑桑枝顷一策，正欲滴。

右录段庆林先生桑梓谣一首
岁次丁酉中吕之月 天清氛奕 书於退织楼
宋琰

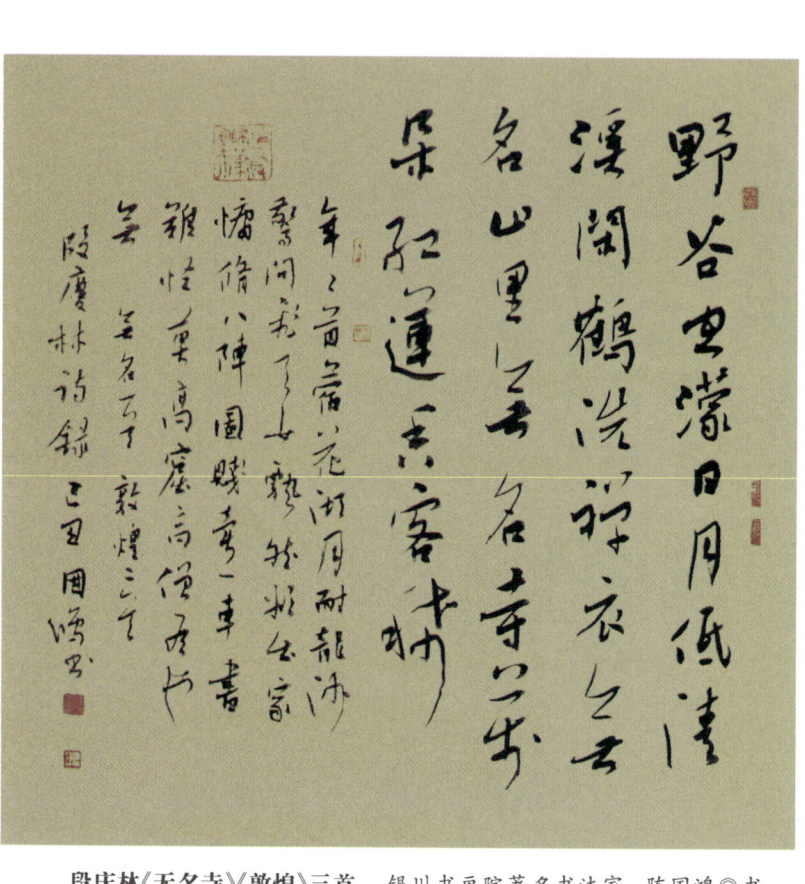

段庆林《无名寺》《敦煌》三首　银川书画院著名书法家　陈国鸿◎书

段庆林《山妞》

银川书画院著名书法家　关宁国 ◎ 书

段庆林《三湖行》 银川书画院著名书法家 范彦奎 ○书

1996年与女儿段炼在阿拉善左旗合影　　2006年10月赴英国牛津大学等地学术交流

2008年8月23~26日,参加第十届中国散曲暨陕北民歌学术研讨会。左起闫云霞、折殿川、徐耿华、常箴吾、段庆林在榆林市红石峡合影。

2008年6月22日,调整充实后的第五届宁夏诗词学会领导班子成员合影。左起:熊秀英、沈华维、黄正元、段庆林、崔正陵、秦克温、杨森翔、刘剑虹、葛林、闫云霞、杨石英。图中缺张嵩副会长。

2015年2月7日,宁夏诗词学会第六届领导班子合影,左起:邓成龙、白林中、张嵩、魏康宁、闫云霞、段庆林、闫立岭、左宏阁。图中缺张铎、李玉民副会长。

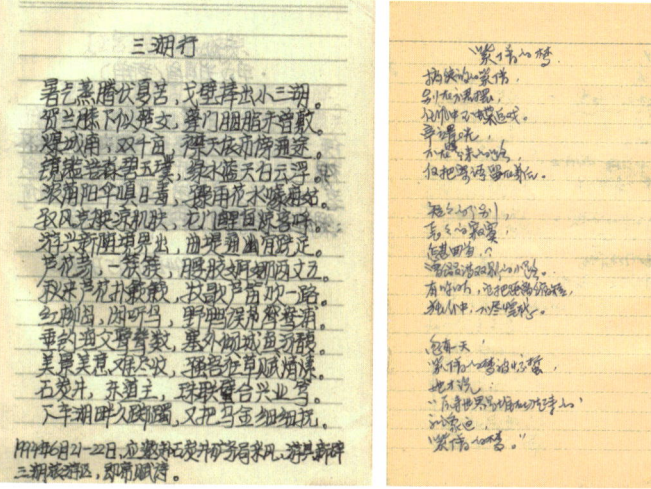

作者手迹

序 一

尹 旭

❶

我第一次很吃惊地觉得段庆林的诗词写得很不错,是因为在本单位(宁夏社会科学院)的院报上,读到了他的一组小词。当时,他刚调到社科院不久,我和他尚不熟悉。至今已经过去了许多年,词的具体内容虽已淡忘,但那种让我"吃惊"的印象却依然清晰。

此后尽管也时常听说段庆林仍在写诗词,但再次读到作品则几乎没有。直到近日读了他的《念珠集》,我才算是较为充分地了解了他的诗词水平与风格的全貌,我才完全可以非常有把握地说:段庆林的诗词真是不错。

诗首先应该是诗,应该具备诗的美学品位,诸如所谓的诗意、诗味及相应的意象形式之类。这就要求写诗的人,必须首先具备诗人特有的天分与素质。有了这样的天分与素质,才能从生活中发现出诗来,才能将自己的感受诗化。这不是下了功夫就可以解决的问题,因而,功夫因素尚在其次。段庆林的诗词之所以写得不错,就是因为他在这方面有相当不错的天分素质。

我想,这只要真正懂诗并读一读《念珠集》,就会知道什么是真诗。譬如:《谒中山陵》的"钟山风雨后,不见小秦淮",《无名寺》的"无名山里无名寺,万朵红莲香客稀",《渔家傲·雾夜送别》的"夜锁西桥车锁雾,为何难锁天涯路",《蝶恋花·题宁园小照》的"却怕旧游重到后,腊梅疑我因她瘦"等句。语虽平实,却诗意盎然,耐人寻味。此正是诗之当家本色所系,仅靠功夫是做不出来的。

❸

诗的宗旨在"言志"与"缘情"。因而举凡抒情言志之作,是比较容易写出性情与特色的;而每每难免平庸与苍白的,大多是那些酬唱、应景、祝贺以及"直面时事"之类的东西。因为这种"东西"总有"迫于形势而不得不写"的因素,所以便难免沿袭俗套而为文造情。因此,这倒是考验诗人到底有多大本事的一个所在。

在我看来,段庆林是经受住了这样的考验的。所以,《念珠集》中的此类作品也颇为可观,似乎总能做到既精准贴切,又兴味盎然。譬如《一剪梅·贺少林寺建寺1500周年》的"禅机事理总相关,云雾轻闲,松鹤轻闲",《一剪梅·呈东瀛诸吟长》的"一衣带水小天涯,朝种桑麻,夜话桑麻",《一剪梅·答约》的"欲随鸿雁缀成行,一副柔肠,一挂诗囊",有感于申办奥运会的《采桑子·申奥》的"赊来好酒情潇洒,洒下年华,华似朝霞,霞染蓝天未有涯"等。

这与那种公式化、概念化的应景之作,真是完全不同。

❹

《念珠集》中有古典的诗、词、曲,有"准古典"的自度体,真可以称得上诸体皆备了。这诸体都大体不差,水平相当。而四体之中更显翘楚、夺人的,则非词莫属了。从艺术风格的层面来看,段庆林的诗情感细腻、形式优美,以清新淡雅、婉约缠绵见长,且风格多样,遣词抒情的时代特征明显,显得不蹈俗流。而把这一特征体现得最为充分而完美的,就是他的词。

以段庆林的《酷相思·孽债》一词为例:

> 五味心肝难捣碎。欲落泪,还装醉。世间事,童心可领会。身累也,何由累?心累也,何堪累。往事依稀谁梦寐。怕相对,难相慰。问孽债、今生还也未。说爱也,淡如水?说血也,浓于水?

我甚至觉得,倘若将这样的作品放入古代婉约派词人的作品之中,恐怕还真的会"乱真"呢!

❺

近些年来,喜好与创作诗词的人越来越多,这在共和国的历史上属于盛况空前。但今天的诗词到底应该如何创新与发展的问题,却依然很严峻地摆在人们面前,值得认真思考。很显然,一成不变地将旧形式搬来,很难见出时代特色;而真的抛开了古典的形式,那又如何仍有诗词的韵味?所以有时我觉得,那相对自由而又不失古典的"自度体"(或曰"自度曲")之类,也许倒是一条出路。

而段庆林的"自度体"就写得相当出彩。《念珠集》所收仅有十几首,但质量均属上乘,且已是相当的成熟与老到。所以,我真希望他能在这方面多用点心思,或许能开辟出一片让人意想不到的新天地来。而这所谓的"新天地",就是要在形式与内容上,都更加生动活泼与丰富多彩一些。这很难,却值得一试。

《念珠集》所收,是段庆林二十多岁到三十多岁时期的作品,因而是真正的"青年诗人"之作。"青年诗人"能写出如此成熟而精到的古典诗词曲与自度体来,真让人吃惊于他的诗人素质的出类拔萃与不同凡响。当然,也正因为是"青年诗人"之作,所以在人文情怀的精深博大、胸襟怀抱的凝重高远与艺术格调的独特鲜明方面,就尚存有甚大的发展空间。因为这样的"人文情怀""胸襟怀抱"与"艺术格调",是离不开生活的磨练与岁月的陶冶的,主要已经不是一个艺术水平与创作技巧的问题了。

这使我想到陆游的"功夫在诗外"。因而,在我看来,段庆林的诗词创作最终能达到一个什么样的思想水平与美学高度。那起主要作用的恐怕是他"诗外的功夫";在"诗内的功夫"方面,他已经绰绰有余了。

以上所谈,便是我读了段庆林的《念珠集》之后的一些粗略感受。总之在我看来,这是一部颇具实力与特色的作品,是完全可以

序 一

自立于当今的诗词作品之林的。因而我相信,那些喜欢诗词、创作诗词并真正具有一定诗词修养与水平的人,是一定能够从中得到一些有益的启发与收获的。同时我也相信,段庆林诗词创作的未来之路,也一定会是更加宽广而风光无限的。我对此充满了期待。

是为序。

2009 年 7 月 1 日

(尹旭,著名美学家、书法家、文艺评论家,系享受国务院特殊津贴专家。出版有《书法美》《中国书法与传统文化》《中国书法美学简史》《书法线条美的发现》《书学五论》《天一阁随笔》等著作。荣获第二届中国书法兰亭奖。)

序 二

牛学智

原来只知道段庆林是我区一位经济学专家,近年来逐渐知道二十多年前,他还是颇有成就的诗人,彼此因为都热爱文学而自然多了许多共同话题和亲近感。近期,系统阅读了他撰写的旧体诗词曲《念珠集》及其附录的新诗《丁香集》等,才发现他很早就兼擅古诗词、散曲、自度体、现代诗、诗歌理论等,几乎无所遗漏,关键还样样跑步在前,大有引领之势。为此,就其创作成就和风格略论如下:

段庆林诗词曲的三大定位

段庆林的古体诗创作,以词体入手,向上从律诗到古风、从七言到五言追溯;向下从散曲到自度体而延伸,继而从诗论到诗史,在汉诗形式上进行了广泛的探索,在思想性、艺术性上也达到了较高的水准。

段庆林诗词的学术定位。宁夏诗词界泰斗、原宁夏诗词学会会长秦克温先生,生前曾在《宁夏诗词创作的历史、现状及走向》中,正式提出"青年诗人张嵩、段庆林是塞上诗坛的双星座"。秦克温先生还曾经认为段庆林是"宁夏散曲第一人"。尽管段庆林由于后来把主要精力投入到了经济研究工作之中，但其在旧体诗领域成名较早，这是近年来才涉足诗词创作并成名的诗人难以超越的历史事实。其在诗词曲诸多领域创作质量高，又是宁夏最早开始散曲、自度体等体裁创作的作家，在宁夏诗词界的历史地位毋庸置疑。近期诗人强势回归诗歌创作，我们应该有更高的期待。

段庆林诗词的艺术特色。正如秦克温先生评价的那样，"段庆林属于性灵派，是诗词曲的多面手，词曲语言鲜活，清新婉转流畅"。文学评论家张铎在《宁夏新边塞诗概述及艺术特色》一文中也指出，段庆林的古体诗，"诗意丰厚，言辞俊爽。阅史之情，警世之意，尽在其中。把卷吟咏，启人遐思"。以上是他诗词曲的语言特色和思想魅力。段庆林诗词曲的艺术特色还表现在其题材的广泛性上。爱情词中，以《蝶恋花·题宁园小照》《酷相思·孽债》等为代表，都是书写当代感情生活的佳作。在田园诗方面，其《鹧鸪天·内蒙古风情》以白描抒情，《临江仙·澜沧江》以空灵写景。在政治诗方面，《念奴娇·拜谒焦裕禄墓》等，也是寓情于景，情景交融。

段庆林诗词的现实意义。无论写爱情词，还是写现代城市青年人的复杂文化心理；也无论写田园自然风光，还是投射重大政治题材，特别是被称为"自度体"的新乐府，段庆林的诗词都能在语言修辞的营造、结句布篇的谋划背后，指涉时代重大的政治文化问题，并给予热情讴歌或尖锐批判；也都能准确纳入现实社会复杂繁难的人性，并进行透彻剖析与揭示，具有强烈的现实意义。

《宁夏当代旧体诗简史》追求的三大目标

《宁夏当代旧体诗简史》,亦是段庆林诗词研究的一大亮色,填补了宁夏当代旧体诗史的空白。"填补空白"的衡量尺度,不是简单的从"无"到"有",还必须要有实质水平。我认为段庆林此作正好符合这两个条件。

一是就诗歌史来说。目前为止,对宁夏诗词史的研究,均注重于从横向对作家风格的评论,对宁夏诗词从发展史的纵向视角研究均相当简略。在段庆林之前,并无真正意义上的宁夏当代旧体诗史,他的这一《宁夏当代旧体诗简史》可谓货真价实地填补空白。这是从历史性角度,他的《宁夏当代旧体诗简史》追求的第一个目标。

二是就创新性来说。段庆林的《宁夏当代旧体诗简史》写法并未选择通行文学史概述简单加专论的写作方法,而是采取总—分—总的结构,既有对宁夏诗词发展史的总论,也有对宁夏诗词学会、宁夏毛泽东诗词研究会、民间诗社的发展历程研究,还有作家专论,特别是对秦克温、项宗西、吴淮生、袁伯诚、周毓峰等知名诗人的评论较为详细;还有散曲、新乐府、新边塞诗等专题评论,特别采用社会学和统计学等社会科学研究方法来研究诗歌史。如此用心,宁夏旧体诗简史从组织、活动、人数、作品出版发表,一直到形成相关阶段的历史轨迹,就显得十分清楚。这是他改变通行体例,《宁夏当代旧体诗简史》从创新性方面所达到的第二个目标,可谓宁夏当代旧体诗的"外部研究"。

三是从开放性来说。其体例很容易放进社会文化思潮与文学流派,而不是就旧体诗论旧体诗。从全国到宁夏,再从宁夏到全国,构成了该简史内部的一个逻辑机制,全没有"我地中心主义"的封闭和自恋,也让一般读者了解了宁夏旧体诗创作与全国审美趣味之间的互动、流通和互补。举个例子,比如段庆林在《宁夏诗词学会发展历程》中,有一节《现实主义派新诗人转向旧体诗创作》,对现实主义派新诗人与旧体诗审美价值期许的论述,堪称卓见。我见过文学界在现实主义精神与市场经济、现实主义价值与大众流俗文化、现实主义限度与后现代主义等论域,耗费精力的论述;也见过现实主义与朦胧诗、与口语诗、与下半身诗、与日常生活诗等研究的文章。一言以蔽之,相关研究都基本在中国当代文学,尤其是叙事类文学范围的探索,根本不多跨越文体,更遑论触角伸向当代旧体诗发生的动力了。而段庆林恰好在别人论述的临界点,即在现实主义力量穷尽之处,发现了旧体诗的时代能量,足见其对当代中国文化文学思潮的熟悉程度。

由此可知,段庆林的《宁夏当代旧体诗简史》独特的体例,就旧体诗"内部研究"来说,问鼎的不再是一般意义的"历史",而是旧体诗兴起的价值背景,这一点尤为难得。例如《宁夏"新边塞诗"发展情况》的立论也同此思路。他指出的"新边塞诗"的三大变化,其内部研究逻辑,其新颖程度,都实在是发之前研究之所未发、言之前言所未言之处的真正富有个性和思想的旧体诗史。窥斑见豹,《宁夏当代旧体诗简史》的填补空白,有其坚实的理论和高迈阔大的眼界做支撑。作为旧体诗文体的诗歌史论,遂有了承前启后的文献价值。这是《宁夏当代旧体诗简史》从开放性角度追求的第三个目标。

至于该简史中的旧体诗词家专论，可能是由于篇幅和精力的限制，主要集中评论了十多位在诗词创作方面成绩较多的作家，评论范围符合简史定性，但批判性相对不够，在一定程度削弱了该诗歌史的学术分量，希望进一步深化研究。

段庆林新诗的三大特色

我个人觉得，段庆林的现代派新诗创作水准，绝不在其旧体诗词、散曲、自度体之下。大体翻了一下，他的新诗创作，按其诗尾标明的写作日期，差不多都是20世纪90年代中期以前所为。这样一个时间跨度，意味着读他那时候的诗，便多了一层检验语境。首先得放回到那时候的一般诗歌氛围去，看其审美趣味；其次得照应当下诗歌状态，看意义何在。

段庆林新诗特色之一：坚守人文知识分子立场。段庆林很注意"诗意"，而且是20世纪80年代朦胧诗及稍后一个阶段的诗意，差不多是一种集体无意识式的形式诗意。讲究象征与民族、国家之间的大的命运关联，也在乎营造个体与整个文化氛围之间的共鸣与互动，因此他的诗意，简而言之，是对某种审美的、充满意义感的社会生活的铭写，总体上其格调便呈现为某种莫名的忧伤与同样莫名的悲剧气息。这样的一个旨趣，决定了他的选材多数为富有历史感或最容易与历史呼应的事物。比如《时间之镞》《未烬的篝火》《左旗的忧伤》《西夏的题刻》等等短诗即为这一突出风格。《左旗的忧伤》反复使用"岩画",并反复启用那个通晓古今命运的"手",就已经奠定了该诗怀古伤今的基调,"还有漏画的那些／孩子们的嬉闹和新装"一句,从中宕开,使诗有了日常生活的纹理和质感,但随后,马上回去了,全书结束于"……想念你／镌刻在岩画上／永恒的模样"。诗人念念不忘的或久久不能释怀的仍是历史蹊跷的失踪,以及失踪带来的莫可名状的忧思。在此处,日常生活中的个体浮沉,让位给了宏大但却充满知识分子悲悯情怀的能指。明眼人一看就知道,这是典型的20世纪八九十年代之交的人文知识分子的追问。与当时提倡"民间写作",甚至流水账似的日常生活记录,完全不同。也由此可推知,那个时候,当多数诗人转向向日常、向市场、向潜规则讨好之时,段庆林作为知识分子的本色并没有变,他依然挺直了腰板,进行着形而上的诗学质疑。段庆林的《夏日的激情》等爱情诗、《麦子》等乡土诗、《短章四首》等哲理诗、《Statistic》等朗诵诗,均从不同的题材、体裁和风格,反映了当代生活的多面性。

段庆林新诗特色之二:现代诗形式下的批判现实主义。他现代诗的另一风格是很看重"讽喻"。从他个人文学经验渊源看,也许与他倾情古体诗有关,因为中国古体诗说到底,寄情山水也罢,访古伤今也罢,最终表达的还是士人的屈原《问天》式的终极危机问题。段庆林的这一路现代诗,就其思想论,也许与此有某种联系。当然,诚如文章开头所提,段庆林首先是一个经济学者,那么,他的讽喻诗,就不单是文人圈子、文学规定性中事了。以《短章四首》为例,可以看出是对当下社会生活乱象,特别是涉及经济生活领域某些消费主义逻辑的批判,这一点是纯粹文学写作者或自称纯文学作者很难匹敌的。

《短章四首》中有一首诗叫《纪念章》，只有五行，现录于下。"政治家铸造你得了权／收藏家出卖你赚了钱／／人民和你／总是可悲地遇到／二道贩子"。美国文学理论家布鲁克斯著有《身体活》一书，其中就谈到巴尔扎克时代女性身体消失，但经济仍运行不息的观点。这一观点的出现，实际上给当下弥漫于大小版面只盯着欲望化身的身体的"身体写作"一记响亮耳光，真正发掘出了包括巴尔扎克在内的一批批判现实主义文学强烈介入经济生活的思想能量。以此观之，段庆林的《纪念章》何尝不是？他的讽刺不是诗歌修辞学意义的词语雕琢，也不是"卒章显志"式的人生小哲理，是对消费主义经济生活的揭示与披露，可谓发人深省。我想，这样的诗，大概不同读者会有不同结论，然而，具体到20世纪90年代以来至今的商业话语而言，恐怕只能是而且必定是对某种经济运行规则的反讽。之所以还可能有多种读法，正说明，我们的文学的确也太圈子化、太文学化了。

段庆林新诗特色之三：对现代格律诗学的探索追求。著名美学家朱光潜先生在《谈新诗格律》中认为"诗的规律有两个重要的特点：第一是形式化的节奏和语言的自然节奏的矛盾的统一。其次是大致固定的形式与当前具体内容的矛盾的统一。诗有一种通套的因而有几分独立性的形式……我们把这种不同的意味和节奏叫作风格"。当代诗歌史家把"自度曲"划分为新格律诗范畴，而段庆林在《自度体说》中，则把"自度体"定义为那些保持了中华诗词曲赋的某些形式特点而创新自制的诗歌，可见其对诗歌形式探索创新的高度重视。段庆林现代格律诗学的探索成就，首先是其大量自度体诗歌的创作。

  本文更为重视的是段庆林在新诗领域中的现代格律诗学的探索。他的新格律诗，一是新在语言节奏的现代化。与新月诗派等早期新格律诗注重齐言体不同，段庆林的现代格律诗则采用更接近现代派诗歌的长短句体，从诗歌形式上来说与当代诗歌语言节奏并无二致。二是新在现代诗歌的音乐美。正如朱光潜先生所说："纯是形式化的节奏就会呆板僵硬无生气，纯是语言的节奏，就无所谓规律，就无以别于散文，也就是说，就失其所以为诗。诗人驾驭媒介的功夫就要在这矛盾的统一上见出"。段庆林的现代格律诗既避免了早期新格律诗整齐划一的呆板形式，又在语言的节奏中增加了现代诗的音乐美。例如在《依然》一诗中，每句几乎都以"依然"开头，形成排比式的句法；还在结尾间隔采用"吗""啊"等语气助词；全诗更是基本采用了押韵的方式，通过三种形式增加了诗歌的音乐美。段庆林的新诗几乎都采用押韵方式，现代派新诗韵律化，这是其现代格律诗学探索的重要方面。

  现在可以回答上面提的后一个问题了，即今天读段庆林20世纪90年代中期以前就写就的现代诗，意义之何在。

  我的直观感觉来说，当下的大多数现代诗歌，不但不懂人们的经济生活，而且还助纣为虐，推了一把，致使诗歌完全沉迷于该批判对待的日常生活逻辑之中不能自拔，这便是当下现代诗基本无骨无味，紧接着连圈子里的读者都懒得读的根本原因。这是一个简单的"无生活"无法解释得了的问题。

念珠集

　　在这一层面看,段庆林的现代诗创作,依然焕发着其熠熠的思想光芒,具有明显的诗学价值。

2017 年 4 月 17 日

　　(牛学智,现供职于宁夏社会科学院,任文化研究所副所长,系享受宁夏回族自治区人民政府特殊津贴专家,宁夏回族自治区宣传文化系统"四个一批"人才,兼任中国当代文学研究会理事,中国少数民族文学学会理事,中国作家协会会员等。在《文学评论》《文艺理论研究》《当代作家评论》《小说评论》《读书》等刊物发表评论二百多万字,出版有《寻找批评的灵魂》《世纪之交的文学思考》《文化现代性批评视野》《当代批评的众神肖像》《当代批评的本土话语审视》等多部专著。)

目录
Contents

序一　尹　旭 / 1
序二　牛学智 / 6

壹　壹可汗·桑梓辑

桑梓谣　/ 3
春游苏峪口　/ 4
哀祢正平　/ 5
腊梅　/ 6
开封怀刘少奇　/ 7
听大夫诊　/ 8
谒中山陵　/ 9
香山秋望　/ 10
赠嵩山中华禅诗研究会　/ 11
敦煌　/ 12
纪念岳飞绝句二首　/ 13

念珠集

  镇北堡　/　14
  温州行　/　15

贰　篆可翰·柳枝辑

  三湖行　/　19
  偶成　/　20
  洛阳牡丹　/　21
  朔方柳枝词　/　22
  无名寺　/　23
  乌鸦与麻雀　/　24
  题画诗　/　25
  中州名胜三题　/　26
  通胀　/　27
  寿星　/　28
  翻牌公司　/　29
  扫黄　/　30
  乡行杂感　/　31
  缪斯　/　32
  弹铗　/　33
  修车者言　/　34
  长发遮面之贞子　/　35
  三江有月　/　36

㊂ 衣缂菡·香腮辑

蝶恋花·题宁园小照 / 39
一剪梅·有赠 / 40
忆秦娥·翠微路 / 41
如梦令·倾慕 / 42
仄韵长相思 / 43
长相思·夜景 / 44
采桑子·酸梅 / 45
渔家傲·雾夜送别 / 46
长亭怨慢·折柳 / 47
苍梧谣·童趣 / 48
行香子·悼母 / 49
酷相思·孽债 / 50
江城梅花引·听黄龄唱《痒》戏作 / 51
沁园春·北海公园游记 / 52

㊃ 舣可涵·朔方辑

鹧鸪天·内蒙古风情 / 55
菩萨蛮·过内蒙古 / 56
满江红·黄河 / 57
沁园春·沙坡头 / 58
夺锦标·承天寺塔 / 59

虞美人·钟鼓楼 / 60

水调歌头·西夏 / 61

河传·黑泉湖 / 62

河传·鸽子鱼 / 63

石州引·汝箕沟 / 64

减字木兰花·渡口 / 65

一络索·泾源千架山 / 66

临江仙·澜沧江 / 67

一剪梅·贺少林寺建寺1500周年 / 68

东风第一枝·庐山云雾 / 69

一剪梅·答约 / 70

鹧鸪天·开斋节 / 71

鹧鸪天·同心 / 72

鹧鸪天·古尔邦节 / 73

江城子·塞上大雪，临近丙申清明 / 74

摊破浣溪沙·西吉大石城感事 / 75

生查子·访山庄 / 76

荷叶杯·朔方吟草 / 77

伍　一稞旱·麦客辑

捣练子·春雨 / 81

浣溪纱·塞上江南 / 82

临江仙·珍惜耕地 / 83

醉花阴·农闲酒趣 / 84

苍梧谣·张寡妇黄酒 / 85

南歌子·小尾寒羊 / 86

玉楼春·村妮 / 87

卜算子·春寒 / 88

采桑子·山居 / 89

渔歌子·秋趣 / 90

摊破浣溪沙·赠边疆农业科学家 / 91

生查子·赞"三西"希望工程 / 92

减字木兰花·烛花 / 93

贺新郎·探梅 / 94

一剪梅·诗酒风流 / 95

天仙子·甲戌消夏图 / 96

肆 衣客寒·风怀辑

踏莎行·慰安妇 / 99

柳梢青·抗日战争胜利50周年有感 / 100

破阵子·张学良将军 / 101

长相思·山海关 / 102

一剪梅·呈东瀛诸吟长 / 103

南柯子·海湾战争 / 104

苍梧谣·股票 / 105

浣溪纱·知青反思潮 / 106

5

贺新郎·反腐败　步稼轩韵 / 107
生查子·公费吃喝风 / 108
采桑子·申奥 / 109
南歌子·无题 / 110
六州歌头·喜读《邓小平文选》第三卷 / 111
念奴娇·拜谒焦裕禄墓 / 112

㭍 壹窠喊·蛤蜊辑

【中吕·山坡羊】下海者心态 / 115
【中吕·阳春曲】懒婆姨 / 116
【越调·天净沙】牧羊人 / 117
【仙吕·一半儿】独生子女家教 / 118
【双调·雁儿落带得胜令】读中国革命史 / 119
【中吕·增句迎仙客】某官 / 120
【正宫·塞鸿秋】固原 / 121
【大石调·初生月儿】台湾海峡 / 122
【双调·清江引】农业广播学校 / 123
【正宫·叨叨令】读史戏作 / 124
【越调·凭阑人】登榆林镇北台 / 125
【双调·折桂令】读《科学的历程》 / 126
【双调·折桂令】纪游 / 127

花儿体三首

【花儿体】土族令·横陶途中 / 128

【花儿体】当啷啷令·老三届 / 128

【花儿体】尕呀呀令·车把式 / 128

(捌) 蚁嗑埠·猛料辑

联产承包变革前后农民心态

【自度体】大跃进·集体经营 / 131

【自度体】单干风·家庭经营 / 131

名利场三令

【自度体】款儿令 / 132

【自度体】腕儿令 / 132

【自度体】官儿令 / 133

公关三剑客

【自度体】酒儿令 / 134

【自度体】财儿令 / 134

【自度体】色儿令 / 135

形式主义素描

【自度体】花架子 / 136

【自度体】冷场子 / 136

【自度体】干嗓子 / 137

【自度体】夕阳红 / 138
【自度体】红灯记 / 139

西游记后传

【自度体】黄褂子·唐三藏 / 140
【自度体】紫翎子·孙悟空 / 140
【自度体】绿票子·猪八戒 / 141
【自度体】红顶子·白龙马 / 141
【自度体】蓝领子·沙和尚 / 142

附录：

丁香集　段庆林　徐秀丽

㊉ **夏日的激情** / 段庆林

时间之镞 / 145
未烬的篝火 / 147
左旗的忧伤 / 149
西夏的题刻 / 151
扬镳 / 152
焉支山 / 154
依然 / 156

夏日的激情 / 158

无题 / 160

话别 / 161

春情 / 162

朦胧 / 163

红毛衣 / 164

四季 / 165

白丁香的梦 / 166

少女的来信 / 168

沙窝 / 170

麦子 / 171

镰刀与草要子 / 173

拾穗 / 175

无边的月色 / 177

短章四首

  纪念章 / 179

  时髦 / 179

  眼泪 / 180

  冬 / 180

短诗四首

  向日葵 / 181

  皱纹 / 181

  爱与恨之间 / 182

  湖 / 182

雾霾 / 183
郎木寺 / 184
Statistics / 186

贰 紫丁香的梦 / 徐秀丽

三月的风 / 190
桃花抒 / 192
无题 / 195
期待 / 197
月夜 / 199
收获 / 201
回首 / 202
沙枣花颂 / 204
野迎春 / 206
寻你 / 208
紫丁香的梦 / 210
清明祭 / 211
今宵 / 213
墓地 / 214
海的故事 / 216
紧握住 / 217
暮年 / 218
远归 / 219

灵犀 / 220
四个月 / 221
芦花的诗韵 / 223
心之梦 / 225
六月的热情 / 226
眼中河 / 227
变异 / 228
绿色的邮筒 / 229
爱之夜 / 230
散步 / 232
四季 / 233

评论集

宁夏诗词创作的三个维度 / 237
且倚苍松看流云 / 247
　　——读李成瑞先生《流云集》
自度体说 / 255
以诗学和史学的眼光观照中国当代诗歌发展 / 260
　　——访著名诗歌评论家朱先树先生

代跋：淡淡的乡情 / 265
后记 / 268

壹 可汗·桑梓辑

桑梓谣

风物日日新，桑梓世世遗。
生彼折柳地，少小桑梓奇。
后墙桑弧废，田埂两桑齐。
朔风吹南陌，也羡稻麦萋。
沧桑酒翁忆，新娘惜蚕衣。
叶大宜巢蚕，无蚕徒掘泥。
叶肥孕葚子，桑葚童心仪。
无果唯花聚，无花果是伊？
叶浓颈已酸，未熟果已稀。
一粒数嘴尝，数粒每欲私。
攀高桑枝曲，日落桑榆西。
炊烟袅袅起，乳名听小姨。
归家嘴儿紫，复去溪头洗。
犹惦桑枝头，一紫正欲滴。

（作于1993年8月15日。《夏风》，2007年第1期刊发）

春游苏峪口

游兴早破晓，清明车尘扰。
积雪山应老，脱俗城渐渺。
峭壁灵溪润，沟壑鬼斧造。
攀援形如猿，临风神似鸟。
野餐留影乱，长啸回声缭。
练白黄河套，茵绿左旗草。
敖包佛光罩，松涛闲云扫。
不堪荒鸡叫，天短晚霞少。
归途腿脚酸，谈资旅袋饱。
遥顾苏峪口，应笑行人小。

（作于1993年3月26日。秦中吟主编：《中华诗词文库·宁夏诗词卷》，中国文联出版社，2009年）

哀祢正平

耿耿挝鼓手,
羞羞鹦鹉俦。
一腔狷介气,
不作大江流。

1992年6月9日

腊 梅

淡影疏疏瘦,
清香暗暗遮。
标新知有意,
雪被更无邪。
东驿西风急,
掬心唇气呵。
孤山矜绝色,
不向早春赊。

(作于 1993 年 5 月 22 日。秦中吟主编:《中华诗词文库·宁夏诗词卷》,中国文联出版社,2009 年)

开封怀刘少奇

潮侵百丈堤，
云压雁声迷。
锻铁双襟热，
扶犁一脚泥。
世因昭雪白，
脸为庶民黧。
莫恃包衙近，
青天宿草萋。

（作于1993年7月11日。《当代诗词》,1999年第1期刊发。秦中吟主编:《中华诗词文库·宁夏诗词卷》,中国文联出版社,2009年）

听大夫诊
（新韵）

小病休拖大，
还须住院查。
痛痒自己受，
钞票国家花。
号子前厅挂，
药儿偏牖抓。
莫嫌多剂量，
有备患无嘛。

1993年8月12日

谒中山陵

日月拾街来，
松乔渐下排。
钟山风雨后，
不见小秦淮。

1993 年 8 月 12 日

香山秋望

西山装饰重，
朔气洗苍穹。
天过重阳冷，
枫迎霜降红。
轮回三界里，
兴废一城中。
秋上香峰顶，
青丝乱似蓬。

（作于1993年11月8日。《京华诗苑》，1994年第9期刊发。秦中吟主编：《中华诗词文库·宁夏诗词卷》，中国文联出版社，2009年）

赠嵩山中华禅诗研究会

过眼尘缘散,
缨冠许未簪。
天风空绮语,
花语满龙潭。
诗向高僧问,
禅从市井参。
闲来耽妙悟,
新月破迷岚。

(作于 1993 年 9 月 19 日。中华禅诗研究会编:《中华禅诗》(第一辑),中州古籍出版社,1994 年。秦中吟主编:《中华诗词文库·宁夏诗词卷》,中国文联出版社,2009 年)

敦　煌

一

年年苜蓿花，湖月耐龙沙。
惊问飞天女，飘然欲出家？

二

慵修八阵图，贱卖一车书。
难怪莫高窟，高僧有也无。

（作于 1995 年 6 月 3 日。中华禅诗研究会编：《中华禅诗》（第二辑），宗教文化出版社，1995 年。秦中吟主编：《中华诗词文库·宁夏诗词卷》，中国文联出版社，2009 年）

纪念岳飞绝句二首

题杭州岳飞墓
抛银祭令名,唾铁秽奸行。
莫问心中事,风波还未平。

题朱仙镇岳庙
烽烟等芥埃,大纛岂蒿莱。
正气千秋在,萧萧点将台。

1992 年 5 月 26 日

镇北堡

影城镇北堡,出卖荒凉早。
仰望兰山野,扑面朔风扫。
古堡兵何处?残垣山洪涝。
海外荣与辱,银川新胜老。
独念老堡主,神话凭空造。
夜宴高粱红,晨读龙种稿。
且问灵与肉,沧桑是正道。
春风一浩荡,万物换新袄。
颠轿别忒狂,羊正觅芳草。

1993年7月26日初稿

温州行

对商埠潮去潮来残塔鸥鹚羞,先赞新温州,再作雁荡游。
永嘉少田畴,传统手艺优。刻石知何处?弹花月如钩。
喜补解放鞋,怯理阴阳头。热风注金瓯,纲举目何求?
资避海峡投,辨怕到处揪。几度鹿城秋,瓯江委曲流。
拨乱返春光,改革起苍茫。风入特区窗,杏出侨乡墙。
政策渐松绑,发展初超常。年余承包粮,先富白圭行。
农闲劳力剩,八仙贩运忙。桥头纽扣全,北港兔毛良。
柳市装电器,金乡铸徽章。纺织宜山下,编织肖江旁。
仙降塑料鞋,钱库综合商。琳琅小商品,集散大市场。
迎客航空港,运货铁路长。建设小集镇,莫辨旧城乡。
街街栉货档,家家兼作坊。巧夺天工仿,艰苦创业强。
治厂儿女棒,掌柜老板娘。汇款如泉淌,积压未曾尝。
谁不见邮寄函、购销员,风尘仆仆到僻壤。
谁不见裁缝店、美发廊,处处飘扬温州幌。
澎湃钱塘潮汐涨,暴风骤雨钢檐响。
曾经"左"倾存,资社讼纷纭:绩有剥削痕,策无经典循。
求是白猫论,富民模式新。熙攘参观客,活络死脑筋。

鼓励个体户，乡企突异军。通脱市政府，质量弥足珍。
规范股份制，线牵五洲姻。实现小康日，补充论功勋。
莫为物质丰，就疑精神空。诗赛鹿鸣杯，山水逢谢公。
嵯峨葱茏雁荡奇崛峰，多少灵秀古今钟。
泻银漱玉龙湫云烟生，欲鉴骑鹤济世踪。
愧恃雕虫雄，恣情敞襟胸。美尔一方胜，看我满堂红。

1995年2月18~20日

贰 孙可翰·柳枝辑

三湖行

1994年6月21~22日，随宁夏诗词学会秦克温诸君，应邀赴石炭井矿务局采风，游其新辟三湖旅游区，即席赋诗。

暑气蒸腾伏夏苦，戈壁捧出小三湖。
贺兰膝下似楚女，蓬门胭脂未曾敷。
煤城南，双千亩，襟天依市傍通途。
镜鉴浩渺碧玉璞，绿水蓝天白云浮。
浓荫阳伞嗔日毒，骤雨花水嚎麻姑。
驭风汽艇凉肌肤，龙门鲤鱼惊客呼。
游兴新随境界出，曲堤通幽宜跣足。
芦花荡，一簇簇，腰肢婀娜两丈五。
秋来芦花扑簌簌，牧歌芦笛吹一路。
红柳岛，闲听鸟，野鸭误凫鸳鸯浦。
垂钓渔父鹭鸶数，塞外倾城鱼汤馥。
美景美意难尽收，骚客狂草赋情愫。
石炭井，东道主，珠联璧合兴业笃。
下车湖畔久踯躅，又把乌金细细抚。

（作于1994年6月22日。秦中吟主编：《中华诗词文库·宁夏诗词卷》，中国文联出版社，2009年）

注释：三湖，即今石嘴山市星海湖之前身。

偶　成

功名淡似白莲花，
卧看诗书就苦茶。
不入寒冬和酷夏，
春秋勘破乐天涯。

（作于 1990 年 6 月 15 日。秦中吟主编:《中华诗词文库·宁夏诗词卷》，中国文联出版社，2009 年）

洛阳牡丹

独领风骚各短长,
信风从不惜流芳。
洛阳城下花如海,
可是姚黄魏紫彰?

(作于 1992 年 4 月。《东坡赤壁诗词》,1992 年第 4 期刊发。秦中吟主编:《中华诗词文库·宁夏诗词卷》,中国文联出版社,2009 年)

朔方柳枝词

折柳
依依柳笛柳前吹,折柳妮儿柳叶眉。
不问阿哥留下否,低垂泪眼默相随。

山妞
山妞转眼长成花,欲语还羞总避他。
七七河边又相会,犹思两小过家家。

劳模
勤劳致富戴红花,台上相逢不用夸。
"俺是河滩挑菜妹,莫非沙漠放羊娃"。

新姐姐
更深犹自点红釭,新盖砖房喜字双。
今日娶来新姐姐,村童争看满纱窗。

沙枣花
撒下醇香挡下沙,麻麻一树小黄花。
宛如小户寻常女,地角房前总护家。

(作于1993年9月。《北京诗苑》,1996年第1期刊发。《黄河文学》,2007年第12期。秦中吟主编:《中华诗词文库·宁夏诗词卷》,中国文联出版社,2009年)

注释:釭,读gāng,油灯。

无名寺
(新韵)

野谷空濛日月低,
清溪闲鹤洗禅衣。
无名山里无名寺,
万朵红莲香客稀。

(作于1995年6月4日诗人节。中华禅诗研究会:《中华禅诗》(第二辑),宗教文化出版社,1995年。《中华诗词》,2009年第7期刊发。秦中吟主编:《中华诗词文库·宁夏诗词卷》,中国文联出版社,2009年)

乌鸦与麻雀

一

瞒天枯笔点春晖，追月谁携暮色归。
墨面应知鸦嘴苦，寒塘咽语绕枝飞。

二

一霎云阴一霎晴？高枝雀跃似争鸣。
村边右派返城尽，莫叫黄雏盆鼓惊。

1995 年 6 月 25 日

题画诗

疏梅图
凄风苦雪斗芳菲，傲骨嶙峋睥睨威。
愧倩闲人长置喙，冰心片片报春晖。

美人图
最爱妖娆点绛酥，怜君大写美人图。
都夸画美如人美，但爱徐家屋上乌。

牧羊图
无瑕两小更无猜，结伴河滩放牧来。
牧笛吹开情窦处，红霞半朵惹桃腮。

1990 年 6 月 25 日

念珠集

中州名胜三题

包公祠
虎首谁持狗首铡,王朝马汉叱声咤。
老翁难辩文攻日,恨不呼冤过此衙。

白马寺
处处迷津处处通,中原逐鹿一望空。
三皇五帝传薪后,普度谁膺汗马功。

少林寺
(新韵)
十年面壁俗缘多,习武成龙入定佛。
名刹新来香火胜,传灯无奈传衣钵。

1991年9月22日中秋节初稿

通 胀

屡遭通胀倍辛酸,
政策曾夸放得宽。
羞涩小民刚砍价,
风光大款已招安。
谁随屈子观天色,
也学王婆摆地摊。
不怪红尘多白眼,
浮生消得似炊烟。

1993 年 8 月 11 日

寿 星
（新韵）

欲问茫茫沧海水，
鲲鹏羽翼岂应垂。
喈喈鸣鹤初求友，
猎猎红旗早运帷。
漫笑山妻结发老，
佯嗔晚辈放筝飞。
古稀犹有凌云志，
看遍青山似黛眉。

1994 年 10 月 22 日

翻牌公司

趁着东风正满街,
公司一夜皆翻牌。
双枝幌子来回卖,
一套人精进退乖。
拟怕高官贪禄位,
终愁俗吏办公差。
堂堂国库倒腾尽,
敢说脱钩可脱胎?

(作于 1993 年 8 月 22 日。秦中吟主编:《中华诗词文库·宁夏诗词卷》,中国文联出版社,2009 年)

注释:街,方言读 gāi。

扫 黄

道德文章急下坡,
拜金犹似拜沉疴。
笑贫羞耻均开放,
搞活财神作秤砣。
屡屡扫黄黄未净,
般般入市市曹多。
繁荣娼盛休调侃,
寄语郎中治内科。

(作于1993年8月22日。秦中吟主编:《中华诗词文库·宁夏诗词卷》,中国文联出版社,2009年)

乡行杂感

一阵风吹一阵潮,
风潮过后倍无聊。
喜随蛙鼓乡间曲,
厌听蝉鸣城市谣。
梦破污沟脱水菜,
情牵晕眼立交桥。
山情渐比乡情炽,
摁住清溪饮一瓢。

(作于1996年6月25日。《同晖》诗刊,1995年总第14期刊发)

缪 斯

（新 韵）

当风揩眼岂无端，纯粹缪斯纯粹难。
谁料赎身神庙后，如何沦落地摊前。
渐知铜臭能标价，却恨书香被笑酸。
底事斯文都不顾，年年正月燎骚干。

1995年1月23日

注释：

燎骚干：传说很久以前，玉皇大帝听说人间严重浪费粮食，决定委派一位天神下凡视察后加以惩处。天神假装又病又饿，得到善良村民的照顾，被村民的勤劳感动。即告知正月二十三夜晚，当玉帝在天上俯视人间时，每家点燃一堆柴草，人们纷纷叉腿来回跳过火堆，天神告知玉帝那些懒惰和奢靡的人们已经被烧死。燎骚干风俗盛行于我国西北地区，有"正月二十三，家家燎骚干"民谚。等到柴火全化成火籽后，便用铁锨扬火籽，嘴里喊着"玉米花、高粱花"等五谷的名字，叫"扬五谷花"，满天飞扬着礼花一样的火星。有燎去往年晦气灾害，祈求来年五谷丰登、健康平安的寓意。燎骚干是过年的最后一个节俗，过了此夜乡村人的年算是真正过完了。

弹　铗

囊锥弹剑稻粱谋，
落拓江湖没理由。
眼热狐威思拍马，
心医木讷怯吹牛。
招贤榜顶什么用，
梁甫吟销万古愁。
漫说采薇终不忍，
依谁袖手看潮流。

（作于1995年1月23日。《同晖》诗刊,1995年总第14期刊发）

念珠集

修车者言

（新韵）

聊赖支摊老陋街，
山新凤旧不关怀。
挡松垮垮刚扳紧，
气泄蔫蔫待补胎。
勾座高低应适当，
车轮左右慎度裁。
劝你珍重前途事，
等尽红灯擦尽埃。

1995 年 1 月 28 日

注释：街，方言读 gāi。

长发遮面之贞子

(新韵)

醉眼诗廊长发埋,
酥腰糖栗过秦淮。
穿牛仔裤风情种,
赋荷叶杯咏絮才。
恨我大刀剡逆耳,
怕他甜嘴逗香腮。
牌瘾卸罢烟瘾犯,
策马阴山借火来。

(作于2001年10月24日。《夏风》,2007年第1期刊发)

注释:网友长发遮面之贞子,自称五毒教教主,标榜另类生活,然随笔基本以小资生活为主。所作《荷叶杯·咏秋四则》,文笔隽永;偶有艳词等游戏之作,《忆秦娥·随作》有"恨他甜嘴,怕他甜嘴"之句。

三江有月

（新韵）

执刀牛耳肚皮高，
瓦亮油瓢似脑勺。
未信拍砖侠客隐，
谁知护法媚娘娇。
三江桂影花堪酿？
半碗鱼乖刺未挑。
可叹美眉春夜短，
斑竹扫水正猫腰。

（作于2001年11月2日。《夏风》，2007年第1期刊发）

注释：
　1.网友三江有月，三峡某水电工程公司高级会计师，新浪网文艺长廊等BBS论坛知名版主，著有《三江有月诗词选》。
　2.斑竹：网络用语，版主的谐音。
　3.扫水：网络用语，指版主删除水贴。
　4.颈联可化作一联："堪酿桂花半碗影，未挑鱼刺三江乖。"

叁　衣缂菡·香腮辑

蝶恋花·题宁园小照

乍入芳菲初碰手,信步闲游,触目花枝秀。情若曲廊深闭口,相依羞看鸳鸯逗。　　不是鸳鸯休聚首,苦酒幽愁,萦绕西墙柳。却怕旧游重到后,腊梅疑我因她瘦。

（作于 1989 年 10 月 17 日。中华诗词研究院编:《二十世纪诗词文献汇编》词部第一辑第三卷刊发,四川巴蜀书社,2009 年）

一剪梅·有赠

　　花为春风舞彩裙,笑靥如醇,芳意如薰。红妆疏懒慧心存,诗也绝伦,画也绝伦。　　好事多磨共九旬,聚也逡巡,散也逡巡。虚荣辜负好阳春,君也嶙峋,我也嶙峋。

1990年4月16日

忆秦娥·翠微路

（新韵）

初相晤，花风馥郁陶然沐。陶然沐，树浓荫护，月明偏妒。　　夏蝉唱遍翠微路，秋波噙满多情目。多情目，不觉夜暮，羞诉倾慕。

1990 年 5 月 14 日

念珠集

如梦令·倾慕

　　莫诉黄连最苦,难禁相思满树。相见不相知,寂寞朝朝暮暮。倾慕,倾慕,好个如潮情愫。

1990年5月29日

仄韵长相思

山也美,水也美,美人自古属于谁?名山环秀水。昭君泪,虞姬泪,泪妆犹羡案齐眉,莫使香泥碎。

1984年作于西安

长相思·夜景

(新韵)

　　人呢喃,燕呢喃,残日羞红半壁天,秋波更湛蓝。人儿圆,月儿圆,鼓噪蝉儿栖不安,夜阑谁未还?

1990年6月15日

采桑子·酸梅

　　嘚嘚竹马关山远,树上梅酸,树下牙酸,小辫平头忍咽涎。　　家家过罢朝花散,青也三竿,黄也三竿,一任痴心遍地残。

　　　　1993 年 11 月 5 日

渔家傲·雾夜送别

　　夜锁西桥车锁雾,为何难锁天涯路。泪蚀残妆郎画补,重叮嘱,相拥相焐缠绵苦。　　小别生涯应懒数,星辰今夜知何处?身似萧萧黄叶树,风休住,良辰早被黄昏误。

(作于1993年11月11日。《当代诗词》,2001年第3期刊发)

长亭怨慢·折柳
（新韵）

怅枝老、柔情难寓，香絮轻离，怨叶浓郁。哪忍攀折，凄凄寒气裹淫雨。木悭情语，浑不似、亲亲觑。恨汽笛无情，催促去、倦客孤旅。　　难驭。任潸潸泪落，哪管愁容如许。寻寻觅觅，有佳句、青禽能喻？料玉兔、咋会丰腴。却误了、鹊桥欢聚。早知道相思，何不折煞千缕。

1990 年 5 月 16 日

苍梧谣·童趣

（三首）

羞，臭美妞妞爱抹油。嘉莲娜，花脸更花头。
羞，镜里梳头更绾绸。摇摇首，一朵冲天鬏。
羞，捂嘴妞妞已害羞。休胡抖，女大更知羞。

1993 年 5 月

注释：嘉莲娜，一种润肤油品牌。

行香子·悼母

母亲长期患支气管炎,以至累及心肺。庚午年初,因病住院,母亲料难以治愈,嘱我早日成婚。住院未及月余,即要求出院回家,说:"我的病我知道,何必住院浪费钱财,给儿女拉下饥荒。"我仓促于重阳日成婚。第二天早上,母亲想吃一碗饸饹面。我与妻子寻遍小城,在一个角落找到了能做饸饹面的小饭馆,买了一碗给母亲,但母亲只是强打精神尝了两口。第三天,母亲让我陪妻子回门。第四天,接到了母亲去世的消息。母亲操劳一生,勤俭持家,病重还不想拖累儿女。而我却没有机会好好伺候母亲,每每想起,总是泪湿眼眶。

地费骈胝,箱惜鹑衣。惭反哺、饸饹汤稀。幡疑游梦,纸化桃蹊。痛鬓熬白,心操碎,气强支。　　爹爹乍老,弟弟堪期。俏妮妮、姥姥含饴。休相惦记,志励荒鸡。怕重阳菊,清明雨,想家时。

(作于 1994 年 5 月 12 日。《北京诗苑》,1996 年第 2 期刊发,《朔方》,2013 年 6~7 月号刊发)

酷相思·孽债

　　五味心肝难捣碎。欲落泪,还装醉。世间事,童心可领会。身累也,何由累? 心累也,何堪累。　　往事依稀谁梦寐。怕相对,难相慰。问孽债、今生还也未。说爱也,淡如水? 说血也,浓于水?

（作于 1995 年 7 月 5 日。《当代诗词》,2001 年第 3 期刊发,入选中华诗词研究院:《二十世纪诗词文献汇编》词部第一辑第三卷,四川巴蜀书社,2009 年）

江城梅花引·听黄龄唱《痒》戏作

　　悠悠谁与共斜阳,贴花黄,正花黄。无限春光,寂寞对云窗。雨又疏狂风又响。听嗨痒,媚妖娘,唱断肠。　　断肠,断肠,损红妆。逼欲装,心欲慌。越痒,越痒,越不想、孟浪修篁。唯有熏香,微信钓檀郎。拼却红颜痴绽放,无处赏,痒难当,醉梦乡。

2017 年 2 月 7 日

沁园春·北海公园游记

踏菊花秋,携豆蔻俦,共北海游。恋荷骚粉首,一池谁秀?柳舒俊眼,千碧风流。坐静心斋,数九龙壁,快雪堂前一豁眸。望白塔,正铜仙承露,影壁知秋。

红墙曾锁濠沟,叹美景、寂寥付水流。问瀛台残月,风云入牖?景山何处,谁罪龙虬。听哨鸽翔,逗游鱼乐,金水桥头竞自由。双桨荡,借江山如画,藏此扁舟。

1989年11月5日

肆 敻可涵·朔方輯

鹧鸪天·内蒙古风情

奶酒醇香八里酣,怜君沉醉似阴山。云飘疑是羊群散,梦里悠扬套马杆。　　银碗满,烤羊全,敖包相会韵天然。英雄胆气凭谁谴,总学苍鹰草上旋。

(作于1993年9月14日。广东中华诗词学会编:《李杜杯诗词大赛作品选》,广东人民出版社,1995年。入选中华诗词研究院编:《二十世纪诗词文献汇编》词部第一辑第三卷,四川巴蜀书社,2009年)

念珠集

菩萨蛮·过内蒙古

　　黄河绾却青城结，雄鹰击碎阴山雪。醉步舞婆娑，犹呵祝酒歌。　　摩托怜似马，风土浑如画。商海众昭君，往来边贸勤。

1993年12月13日

满江红·黄河

　　强锷嵯峨,任消解、昆仑瑞雪。银汉落、喷冲宣泄,回肠情热。一脉龙涎滋万壑,古藤犹蘸先驱血。望辽阔,惊碧绿无多,雄心越。　　黄土地,风沙歇;扬水线,田园阔。倩乳汁消却,百年饥渴。座座青山如海市,川川灯火疑仙阙。舞狂龙,高唱大风歌,千帆列。

（作于 1990 年 5 月 21 日。《东坡赤壁诗词》,1993 年第 4 期刊发）

念珠集

沁园春·沙坡头

（新韵）

　　望断西天，黄沙漫漫，贺兰坍塌。敬华年白发，秸网野马；身如绿树，血浸红花。百尺沙坡，鸣沙滑下，疑是沙场乱奏笳。嬉游处，恋涓涓流水，芳草人家。

　　黄沙脱去沙峡，滔滔浪，依然卷巨牙。忆丝绸之路，浮槎弱水；和番发配，如去天涯。羊皮方筏，而今戏耍，尽兴蒹葭暗晚霞。归去也，看车穿沙漠，驼老难爬。

　　（作于1989年11月6日。《宁夏日报》夏风专版，1993年6月19日刊发）

夺锦标·承天寺塔

（新韵）

　　承天寺塔，西夏毅宗天祐垂圣元年(1050年)，西夏皇太后没藏氏所建，为著名佛教圣地；西夏亡后，只剩孤塔一座，明庆靖王朱栴重修寺院，使"梵刹钟声"成为宁夏八景之一；清乾隆三年毁于地震，嘉庆二十五年(1738年)重建。现高64.5米，11层，是一座八角形楼阁式建筑。传说原来塔顶有一枚银珠，灵光万丈，庇佑苍生，由两只银蜘蛛护卫。文盗路过银川，对银珠垂涎三尺，然屡不得手，遂贿赂塔边酒家，灌醉蜘蛛，窃走银珠，破了风水。承天寺塔现坐落于银川市老城西南隅，周围日渐繁华。

　　香裒俗祈，木传禅意，古寺承天修葺。长塔颖脱闹市，缄默威仪，佛光盈壁。问荫延几世，笑风流、悬铃嘘吒。怨双蜘、天网恢恢，底事银珠难觅。　　瑞雪今朝初霁，雅兴油然，赏景顺风轻屣。高垫浮屠纵目，白骏逶迤，彩凰丰翼。喜红街绿集，尽都是、繁华消息。讶银川、莫是银珠，熠熠泽披西域。

　　（作于1990年3月21日。秦中吟主编：《当代诗人咏宁夏》，宁夏人民出版社，2009年）

虞美人·钟鼓楼

　　有情岁月无情漏,唯有楼依旧。晨钟暮鼓韵悠悠,阅尽沧桑变幻话春秋。　　玉皇阁外霓虹秀,楼下车流骤。卅年成就费歌喉,妙手丹青着意弄潮流。

（作于 1990 年 4 月 17 日。《东坡赤壁诗词》,1992 年第 2 期刊发）

水调歌头·西夏

　　骏逸兰山皱,龙蛰大河流。一川风物潇洒,点缀几荒丘。浑脱难消浊酒,可汗能遗鹰鹫?西夏劫灰休。谁识番文逗,羌笛未悠悠。　　潼关谷,萧关牧,玉关油。怕应难料,早是世界着丝绸。铁路通欧贯亚,百族齐心携手,边贸势方遒。但使江山秀,来供后人游。

1993 年 10 月 28 日

河传·黑泉湖

　　黑泉湖距永宁县城东北 2 公里,湖区面积三千亩。传说,很久以前,一位书生科举落榜路经此地,被一鹤仙爱慕。书生看破红尘,决意出家。鹤仙只好洒泪而别,眼泪化作六个泉眼,积水成湖,故又称鹤泉湖。该湖芦苇丛丛,碧波粼粼,有垂钓、游船、楼台等娱乐项目,为宁夏旅游景点之一。

　　湖上,心旷。芦丛叠帐,野风清爽。劲歌飞艇浪溅溅,鹤仙,被谁惊上天?　　年年泪眼滋春草,惹黄鸟,游子碧波钓。倚危栏,采花闲,吹绵,几番秋月圆。

　　(作于 1994 年 1 月 9 日。秦中吟主编:《当代诗人咏宁夏》,宁夏人民出版社,1994 年)

河传·鸽子鱼

　　鸽子鱼生活于宁甘交界黄河中,红体泛白,为清廷贡品。用"粘网"捕之,似落在树枝上的鸽子,故名。有"天上的鹅肉,山里的鸡,比不上黄河里的鸽子鱼"之誉。传说很久以前,中卫香山岩壁上栖集着无数的美丽善良的鸽子。每逢稻谷成熟时,鸽妖便驱使她们衔粮储藏,供其享用。有一年黄河发大水,庄稼绝收。农民开春无粮下地,呼天哭地。这时,一对鸽子———一只纯白色,一只粉红色,带动鸽群把岩洞里的粮食衔出来,撒在地里。人们得救了,可是这对鸽子却被鸽妖追啄,伤痕累累,精疲力竭,但她们宁死不屈,双双投入黄河,变成一对美丽的鸽子鱼,繁衍后代。

　　鸽集,衔觅。稻香语软,浪尖声疾。桃红雪白任飘摇,企翘,彩霞洇九霄。　　逆鳞傲刺清香袅,醒肥脑,无意油妖爪。搅龙潭,绕鹰岩,情酣,屋檐咕美谈。

　　(作于1994年1月10日。秦中吟主编:《当代诗人咏宁夏》,宁夏人民出版社,1994年)

石州引·汝箕沟

传说：有贺兰山樵夫者，家贫，路遇受伤之神鹿，救之。鹿感其恩，怜其贫，以炭窑示之，以解冻馁，洞口仅容一箕口。邻居问取之何处，答曰"入箕口"，此山沟逐步被称为"汝箕沟"，所产煤炭名誉太原之西，俗称"太西煤"，现为宁夏优质太西煤出口基地。

铁马尘中，岩画梦乡，沉郁千古。雄关热土为开，朔气胡笳曾肃。樵夫何处，极目麦浪菽雏，羊滩谁牧梅花鹿。银北俟长车，羡河清唯富。　　山谷，煤机采选，遍地窑窟，东风相促。塞外煤城，物物烟云高矗。矿工络绎，难数十里明珠，通衢绿树交谊舞。因念夜融融，对红炉残雾。

（作于1994年6月20日。《宁夏日报》夏风专版，1994年7月30日刊发）

减字木兰花·渡口

　　秋阳西注,绿水平铺金彩路。极目东吴,一带青山树岸弧。　　笛鸣如弩,惊起沙鸥童稚数。故土生疏,柳暗花明问旧途。

（作于1989年10月19日。《东坡赤壁诗词》,1992年第2期刊发）

一络索·泾源秋千架山

　　一线青天云霞,劈头练挂。两峰如柱石门斜,谁蹴罢,秋千架? 　　不管泾源冬夏,苍松落下。桂英白桦绕山家,抹几幅,风情画。

（作于 1994 年 1 月 28 日。秦中吟主编:《当代诗人咏宁夏》,宁夏人民出版社,1994 年）

临江仙·澜沧江

尘事微茫花蕊酿,斜阳芳草澜沧。闲依帆片为谁忙,琴音秋水远,蝶梦薄风凉。 别院春光家燕往,残欢蜡染霓裳。羞将剪纸补纱窗,蓦看双蝶戏,神化野花香。

(作于1995年6月28日。《当代诗词》,2001年第3期刊发。《朔方》,2013年6~7月号刊发)

一剪梅·贺少林寺建寺 1500 周年

　　古刹传灯境界宽,拳在嵩山,诗在嵩山。往来僧俗有前缘,恍是西天,正是西天。　　世界风云放眼看,苦海无边,法海无边。禅机事理总相关,云雾轻闲,松鹤轻闲。

（作于 1995 年 6 月 4 日。中华禅诗研究会编:《中华禅诗》(第二辑),宗教文化出版社,1995 年 12 月)

东风第一枝·庐山云雾

　　浪雨销声,乌云匿迹,神庐高处凭眺。日明纵使天青,雾迷尚将道绕。银河浩渺,渺漫处、斑斑仙岛。点缀出、绿树红楼,疑是兔园遗老。　　风挟起,紫烟袅袅;波卷动,白蛟佼佼。佛光萦绕枭雄,幻景每教拜祷。鄱阳湖畔,倩君系、抽身轻棹。问凭吊、松柏森森,谁解杜鹃啼叫。

(作于 1990 年 4 月 22 日。《东坡赤壁诗词》,1992 年第 1 期刊发)

一剪梅·答约

　　话到银川犹未凉,橘子花香,莲子心长。欲随鸿雁缀成行,一副柔肠,一挂诗囊。　　遥梦温州雅集忙,君擅平章,我擅持觞。酒酣胸胆尚开张,婉若瓯江,豪似边疆。

1993 年 8 月 30 日

鹧鸪天·开斋节

　　淡雾清梆透曙光,声召会礼韵悠扬。欣同圣地逢新月,更祝回乡进小康。　　搓馓子,炸油香,阿訇趁热粉汤尝。商城紧靠清真寺,绿盖羞来白帽忙。

（作于 1995 年 2 月 28 日。秦中吟主编:《中华当代边塞诗词精选》,宁夏人民出版社,1998 年）

鹧鸪天·同心

　　排闼崟山拥翠宫,扬黄沃野赛春风。已将塞外金商埠,串入通欧铁路中。　　抓发菜,贩羊绒,走南闯北显神通。口弦倾诉经营策,白帽丛中格外红。

（作于 1995 年 3 月 2 日。秦中吟,吴国伟主编:《宁夏旅游诗词精选》,中国文联出版社,2002 年）

鹧鸪天·古尔邦节

朝觐先期到麦加,宰牲赛马在天涯。葡萄绿遍丝绸路,好个清真百万家。　　思往事,孰堪夸,漫刮喷香盖碗茶。富民政策民同富,乜帖如今散尕娃。

（作于1995年3月2日。秦中吟主编:《中华当代边塞诗词精选》,宁夏人民出版社,1998年）

江城子·塞上大雪,临近丙申清明

　　东风浩荡絮杨狂,百蛰忙,纸鸢翔。虚掩柴扉,无奈杏出墙。一夜倒春寒雪降,摧息壤,乱梅香。
　　亚欧丝路过新疆,听清梆,杂秦腔。九曲黄河,百梦换沧桑。望断左柳高铁畔,桃妖冶,李芬芳。

2016 年 4 月 2 日

摊破浣溪沙·西吉大石城感事

火石丹霞任煅烧,一城奇崛入云标。漫漶石阶谁开凿?没莱蒿。　　万壑苍茫千古照,洋街曲折小新潮。捡起数枚夷夏事,听喧嚣。

2016 年 6 月 24 日

注释:
1.大石城,古称石城堡,位于宁夏西吉县火石寨乡蝉窑村。石城由天然形成,红砂岩质形似卧牛,底部周围 800 余米,垂直高 50 米。石城古已有之,明成化四年(1468 年),元代后裔满俊在六盘山地区起事,兵败后退守石城堡,经石城之战被擒杀,石城堡被明军捣毁。
2.洋街:2016 年美国好莱坞《阿修罗》剧组入驻大石城下山沟,为拍摄影视大片搭景古朴小城。

生查子·访山庄

夏至访农家,把酒龙王坝。一树野山花,几栋家蔬架。　创客话鸡鸭,勾起思乡话。只赞互联加,漫说空心化。

2016年6月24日

注释:创客,西吉龙王坝村被称为宁夏乡村旅游创客经济第一村。

荷叶杯·朔方吟草

沙枣花
常忆攀爬沙树,心苦?满冠小花黄。七里香气压群芳,香么香,香么香。

马兰花
一片淡蓝神话,清雅,仙姿胜花红。闲时杂院种青葱,空么空,空么空。

柳 树
大河畔上栽柳树,家住,河套柳堤西。左公柳下折花枝,思么思,思么思。

注释:"大"为衬字。

枸 杞
侍种东方神草,红宝,中宁即安康。谁知沉醉在他乡,忙么忙,忙么忙。

硒砂瓜

老汉种瓜戈壁，自给？万顷护香岩。京门叫卖压砂甜，馋么馋，馋么馋。

麻雀

除夕独扫亭落，寂寞，麻雀在高枝。权当喜鹊报春时，知么知，知么知。

骆驼

边塞驼铃沙海，欸乃，犹记在驼乡。驮来骚客酪刀香，荒么荒，荒么荒。

注释：酪刀，即奶酪。

6月14日

伍 一稞旱·麦客辑

捣练子·春雨

　　风淡淡,雨绵绵。闲看诗书独坐禅,春绪无端滋蔓苑,百花齐放恃风鲜。

　　(作于1990年5月。《中州诗词》,1991年第1期刊发)

浣溪沙·塞上江南

　　塞上休言少翠微,黄河两岸鲤鱼肥,稻花香里鹭鸶飞。　　茨果万畦花自醉,牧歌一曲逗斜晖,江南游子不思归。

（作于 1990 年 6 月 15 日。《中州诗词》,1991 年第 1 期刊发）

临江仙·珍惜耕地

　　国国何曾矜大，家家岂愿为轻。沉沉心事诉无声。拓边三代代,梯地一层层。　　处处抛荒何故,纷纷圈地堪惊。除非息壤济苍生。但存方寸土,留与子孙耕。

1993 年 5 月 18 日

醉花阴·农闲酒趣

农活已收青煞口,余事唯数九。婚嫁任轮流,聚聚酬酬,酒似人情厚。 席上扶来休笑丑,醉了馋毛狗。底事让爹羞,妹妹哥哥,偷喝交杯酒。

1993 年 8 月 18 日

苍梧谣·张寡妇黄酒

黄,谁酿甜绵蜜郁浆?香飘处,红火小烧坊。

1994 年

南歌子·小尾寒羊

　　曾饮梁山水,才知塞草肥。高天阔地白云堆,一脉黄河两地共朝晖。　　梳洗皮毛美,撒欢体格威。滩前小尾莫相垂,满圈咩咩繁育乐煞谁。

　　(作于1994年1月28日。秦中吟主编:《当代诗人咏宁夏》,宁夏人民出版社,1994年)

玉楼春·村妮

　　村妮泼辣鹑衣彩,麻利争强抓骨拐。揪花挑菜念书来,羞露新包红指盖。　　春花秋月流年改,拉扯孩们还宿债。犁田养蟹摆茶摊,富冠小街谁觉矮。

（作于 1995 年 2 月 2 日。《北京诗苑》,1996 年第 2 期刊发）

念珠集

卜算子·春寒

　　扯线放风筝,暖阁栖麻雀。闹过花灯百蛰惊,冰似春情薄。　　一夜倒春寒,朝雪依依落。敢问东君恶什么,桃靥嗔侬错。

1995 年 2 月 24 日

采桑子·山居

　　春风加叶秋风减。世外般般,禅意千千,苦雨缠绵似有缘。　　垂纶独钓江深浅。山道弯弯,冷暖年年,淡饭粗茶挺自然。

1995年3月4日

渔歌子·秋趣

　　闲听红枫钓鹭汀，秋蟾冷落一天星。粮库满，菜棚青，酒盅输与菊花馨。

1995 年 6 月 25 日

摊破浣溪沙·赠边疆农业科学家

　　一任沧桑是故乡,一茬霜鬓一茬秧。敢比神农尝百草,育种忙。　　九转热肠萦热土,几行沙树挡沙梁。犹说边疆天地阔,任翱翔。

（作于 1998 年 11 月 9 日。《夏风》诗报,1998 年 12 月 1 日刊发）

生查子·赞"三西"希望工程

"三西"最叹何,稚子学犹辍。塬壑触朝阳,直欲蒿莱没。 血热自情多,涸辙山花茁。斯事治贫根,先与知音说。

(作于1992年3月17日。秦中吟主编:《当代诗人咏宁夏》,宁夏人民出版社,1994年)

减字木兰花·烛花

　　通身吐焰,渐起暝蒙归雅淡。遍地葱茏,犹系天涯一点红。　　瘁心谁卷,更与夭桃齐烂漫。莫使韶华,辜负殷殷一剪花。

(作于1992年3月。《宁夏日报》六盘山副刊,1992年11月27日刊发)

贺新郎·探梅

　　寂寞黄昏后,踏西风、半轮青月,数家红牖。冬季温柔龙绡绉,瑞雪绒绒香透。却难得、人情依旧。春意标新才独奏,叹冰心、折在斫轮手。拦路狗,谁人嗾。　　幽园邂逅千杯酒。遇知音,戏言同臭,更相亲嗅。鼠目鸡胸谁知我,傲骨君如我瘦。总惹得、风霜满袖。笑傲炎凉相厮守,问嫦娥、还悔飞天否?梅与我,偕花首。

1990 年 6 月 14 日

一剪梅·诗酒风流

总是江山半壁羞,空佩吴钩,徒学楚囚。心头日月泪中浮,何以消忧,何必悲秋。 一寸丹心梦后留,莫恋红楼,莫恋青楼。酣将世事洗吟眸,诗也风流,酒也风流。

(作于 1993 年 8 月 18 日。湖海诗联学社,《诗酒风流》,1994 年 11 月刊发)

天仙子·甲戌消夏图
（新韵）

炫炫紫光天镘破,漠漠干风石昬铄。蝉聒蝇浣躁灵台,京狗唾,吴牛卧,商场空调成俏货。　　欲射金乌七彩落,难问混浊谁处错。寒娥若恤夜如何,绸裤薄,葵扇阔,啤酒半瓶陪我坐。

1994年10月5日

陆 衣客寒·风怀辑

踏莎行·慰安妇

　　椰岛荒村,松江寒渡,羁刀豆蔻天涯误。满腔血泪慰安行,征尘浣渍樱花素。　　罄竹谁书,漂萍何处,望乡风烛凭身诉。一场噩梦酒醒时,杯空弓影斜阳暮。

(作于1995年6月27日。《当代诗词》,2001年第3期刊发)

念珠集

柳梢青·抗日战争胜利50周年有感

关外嘉禾,卢沟晓月,未管斑皤。春燕穿梭,秋樱隔水,甚也难磨。 江南淫雨何多?大刀锈、重温战歌。群鸽翔空,夕阳残社,风扫烟波。

1995年6月13日

破阵子·张学良将军

　　雁唳白山黑水，云桓灞柳秦关。狻苑休言胡蝶换，萁豆当纾烽火悬，汗青三寸丹。　　醉步还挥短剑，红颜难慰哀弦。梦雪蒙尘家国恨，犹剩凭栏鬓发残，何期匹马还。

（作于1995年6月28日。《当代诗词》，2001年第3期刊发）

含珠集

长相思·山海关

一

南戴河,北戴河。匕见庐山谋若多,谁观沧海波。东柏坡,西柏坡。局弈锦州棋若拖,难猜楚汉何。

二

山海关,胜境关,北镇标营系白肩,颜红一夜间。北腥膻,南腥膻。铁马南藩戴白毡,辫垂三百年。

1995年3月6~7日

一剪梅·呈东瀛诸吟长

　　鱼雁初缄笼碧纱,东海云霞,西海蒹葭。红牙何碍抱铜琶,君赏梅花,我赏樱花。　　诗国茫茫任纵槎,韵奉唐家,味奉新茶。一衣带水小天涯,朝种桑麻,夜话桑麻。

1993 年 8 月 15 日

南柯子·海湾战争

　　戾戾海湾鹫,啾啾沙漠鸥。惊闻沐寇亦称侯,可叹石油血恨向西流。　　苦苦和平口,嚅嚅霸主喉。暴风如帚战声稠,试看黄粱美梦几时休。

1991年1月22日

苍梧谣·股票

一

牛,搏击风云第一筹。倾城去,股市弄偏舟。

二

熊,险似钱塘套卧龙。风潮涌,买卖仍从容。

(作于 1994 年 1 月 15 日。秦中吟主编:《当代诗人咏宁夏》,宁夏人民出版社,1994 年)

浣溪沙·知青反思潮

一

煮鹤焚琴雾渺茫,改天换地草还黄,流星聚散辫粗长。　强对春花新世界,一伤风雪旧刚肠,中年最忆小村庄。

二

赚得神州一曲歌,城乡差别似银河,蹉跎岁月已蹉跎。　老插酒家酸菜热,亿元乡镇小芳多,天街牛女喜穿梭。

1994年5月

贺新郎·反腐败　步稼轩韵

世事休堪说。甚名场，一人当道，犬鸡瓜葛。每席万钱销国帑，未解人间风雪。便志士，愁生华发。私事假名公事做，弄机谋，惯向东窗月。恐语泄，尘封瑟。　　苦无金镜相区别，是何人，清芳独报，更羞苟合。谁起龙图惩腐恶，显我铮铮铁骨。令正气，廉风毋绝。通告皇皇须知悔，返迷途，莫使心如铁。群扼腕，肝胆裂。

（作于1990年6月12日。张源主编：《夏风》，宁夏人民出版社，1991年）

生查子·公费吃喝风

　　雅座杯影寒,狼藉山珍宴。支票报销全,消得公家贱。　　熏风遗国患,帘外民谣叹。文件摞成山,道我何曾惯。

　　　　　1994年5月12日

采桑子·申奥

　　彩屏黉夜连申奥,奥氏传花,花落谁家?家国倾心梦里赊。　　赊来好酒情潇洒,洒下年华,华似朝霞,霞染蓝天未有涯。

1993 年 9 月 24 日凌晨 3 时

南歌子·无题

　　莫叹湘嫘少,常猜秦祸奇。神州谁使乱旌旗,偏是弥天风雨太凄迷。　　欲致大同礼,难治风俗移。漫山荆棘杜鹃啼,且唱红歌踏浪万帆齐。

1993 年 7 月 11 日

注释:少,读 shǎo,多少的少。

六州歌头·喜读《邓小平文选》第三卷

金钲又送、一卷邓文雄。争传颂,丰碑耸;破迷蒙,定星冲。字字千钧重。思欧共,心潮涌;怀倥偬,推豪纵,诤言衷。三起蛰龙,终竟宏图梦,尽瘁鞠躬。喜黑黄猫论,不辩务真工。傲雪苍松,柱危穹。

肃"左"倾种,革樊笼,开国壅,恤民穷。市场奉,招商众;特色浓,鉴西东。设计师邓总,三步走,建奇功。小康梦,基础巩,党旗红。两制推崇一国,收港澳,两岸三通。更南方讲话,"快""闯"似洪钟,又起旋风。

1993年12月6日

念奴娇·拜谒焦裕禄墓

（新韵）

  中央树立以人民为中心理念,弘扬优良传统。丙申春,党校组织赴兰考焦裕禄干部学院延伸培训,亲身感受县委书记榜样焦裕禄同志事迹,深受鼓舞教育,心潮难以平静。清明之际,特步习总书记原玉记之。

  天南海北,特凭吊、此水此山此地。万顷焦桐风浩荡,化作丰碑烟雨。秦寨翻淤,张庄问计,百姓生死系。沙丘荒草,难掩模范豪气。

  犹念日月往昔,与君相对,肝胆仍如洗。故道萧索东坝远,目送黄河来去。打虎何如,兰阳种树,谁会平生意。叩桐长啸,试看赤县澄碧。

2016 年 4 月 4 日

注释:
  1.焦桐:焦裕禄在兰考工作期间,倡导栽种泡桐树治"三害",其亲手栽种的一株泡桐,被群众称为"焦桐",此处泛指兰考的泡桐树。
  2.焦裕禄遗言:"要求组织上把我运回兰考,埋在沙堆上,活着我没有治好沙丘,死了也要看着你们把沙丘治好!"
  3.东坝:东坝头是九曲黄河最后一个大拐弯处,地势险要。兰考段是历史上黄河决堤、改道关键处。毛泽东主席曾两次到此视察,并向全国发出了"要把黄河的事情办好"的伟大号召。

柒 辑蜊蛤・喊窠壹

福满乾坤多福荫
癸巳立冬 秀丽画

【中吕·山坡羊】下海者心态

光阴如兔,年轮如树,春山难挡秋江住。望尘浮,意踯躅。清茶早报难为肚。年少壮怀应缚虎。走,休怕苦;留,谁做主?

(作于1989年10月30日。于海洲,于雪棠选编:《当代散曲》第一集,1995年。徐耿华主编:《当代散曲百家选》,三秦出版社,2015年)

【中吕·阳春曲】懒婆姨

粗活已怯纤腰力,白脸新纹大眼皮。抹油如我上墙泥。庄稼地,糊弄懒婆姨。

(作于 1993 年 5 月 24 日。于海洲,于雪棠选编:《当代散曲》第一集,1995 年。徐耿华主编:《当代散曲百家选》,三秦出版社,2015 年)

【越调·天净沙】牧羊人

贼湖护养芦花,奶茶泡软风沙。荒漠窝棚瘦马。半轮月下,情歌唱给篱笆。

(作于 1993 年 5 月 24 日。秦中吟主编:《当代诗人咏宁夏》,宁夏人民出版社,1994 年。徐耿华主编:《当代散曲百家选》,三秦出版社,2015 年)

【仙吕·一半儿】独生子女家教

　　买来磁带教娘胎。絮语常夸儿不乖。画室琴台撒满爱。小毛孩,一半儿学来一半儿猜。

　　(作于1993年5月24日。于海洲,于雪棠选编:《当代散曲》第一集,1995年。)

【双调·雁儿落带得胜令】读中国革命史

　　读读西柏坡,忍数雄鹰过。扯下闲云蘸酒搓,豪气生襟末。　倚马唱山歌,触目杜鹃多。安得松壑齐相和,来推江浙波。先河,自有红旗舵;巍峨,江山永未挪。

（作于1993年6月8日。《宁夏日报》夏风专版,1994年1月8日刊发。于海洲,于雪棠选编:《当代散曲》第一集,1995年。徐耿华主编:《当代散曲百家选》,三秦出版社,2015年）

【中吕·增句迎仙客】某官

　　坐栋楼,吃头牛,小蜜纠缠独自愁。颤悠悠剪彩手,铿锵锵表态口,呼啦啦下田畴,风光光海外游。屁事有人求,荣誉未曾漏,恰自比青天瘦。

（作于1993年11月17日。于海洲,于雪棠选编:《当代散曲》第一集,1995年。徐耿华主编:《当代散曲百家选》,三秦出版社,2015年）

【正宫·塞鸿秋】固原

原州休忆黄塬乱,谁缝花袄泾河畔。年年社火金秋惯,牛羊撒野龙蛇散。萧关烟雨山,九渡鸿途雁,花儿十月悠悠地漫。

(作于 1994 年 10 月 16 日。徐耿华主编:《当代散曲百家选》刊发,三秦出版社,2015 年)

【大石调·初生月儿】台湾海峡

十五的月儿十六圆,那一半人儿何日还?征帆一去可四十年。多情天呀,银汉都浅。为何青山外,还半海寒烟。

(作于1994年10月25日。《东坡赤壁诗词》,1995年第2期刊发)

【双调·清江引】农业广播学校

　　槐老树杈如座夹,一个喇叭挂。像朵葫芦花,却说明白话。听广播的青年都发啦。

（秦中吟主编:《当代诗人咏宁夏》,宁夏人民出版社,1994年）

【正宫·叨叨令】读史戏作

　　为廉将军消解闲时的累,为屈大夫劝得醒时的醉,为贾书生抹去喜时的泪,为秦皇帝掩饰生时的讳。岂不闷煞也么哥,岂不闷煞也么哥,何如为文君披好这鸳鸯被。

（作于 1995 年 7 月 8 日。徐耿华主编:《当代散曲百家选》刊发,三秦出版社,2015 年）

【越调·凭阑人】登榆林镇北台

席卷西天醉射雕,牧马江南闲弄箫。长城蒿外蒿,不知骚不骚?

(作于 1997 年 12 月 6 日。徐耿华主编:《当代散曲百家选》刊发,三秦出版社,2015 年)

【双调·折桂令】读《科学的历程》

　　问运斤混沌谁分,解一处迷津,遇一处迷津。忆传薪片石氤氲,忍一啄鹰隼,展一翅鹏鲲。驾飞轮这地球村探路终成宇宙村,天上星辰,天外星辰。细思忖那蘑菇云克隆可是吉祥云?风也销魂,雨也销魂。起千钧、国富民殷,辟一个乾坤,换一个乾坤。

(作于1998年11月8日。《夏风》诗报,1998年12月1日刊发)

【双调·折桂令】纪游

　　访山坳古道遥迢,顶烈日儿骄,冒罡风儿飙。巧攀援壁峭花娆,比猴王儿矫,似闲云儿飘。求药仙参破庙,抱巨佛儿脚,戏五禽儿淘。过板桥逐春潮,恋碧纱儿漂,任画船儿摇。夜逍遥营露荒郊,把野味儿烤,听老狼儿嚎。

（作于1998年11月8日。《朔方》文学月刊,2013年6~7月号刊发。徐耿华主编:《当代散曲百家选》,三秦出版社,2015年）

花儿体三首

【花儿体】土族令·横陶途中

明代的边墙秦代的墩,墩连墩,只剩下黄沙埂了。
灵武的林场陶乐的村,村连村,都当是新风景了。

【花儿体】当啷啷令·老三届

我下过海来你上过山,铁饭碗没轮到他端。
老三届酒家新马路边,小算盘拨拉去辛酸。

【花儿体】尕呀呀令·车把式

车把式鞭梢儿甩得花,累坏了拉辕的尕马。
你唱罢大风歌想谁家,泪蛋子悄悄地滚下。

1995年3月10日,4月1日

捌 蚁嗑埠・猛料辑

联产承包变革前后农民心态

【自度体】大跃进·集体经营

催什么稀拉钟,争什么人情风,混球子、磨洋工。盼分粮能分几斤!怕分红又欠几文?"抓革命"咋不促民生,越割"尾巴"越伤心。

【自度体】单干风·家庭经营

交足国家的,留够集体的,剩下都是自己的。想种啥落个洒脱,想致富还得眼皮子活。怕的是卖粮难余下无处搁,盼的是减少些负担,多传授些科学。

(作于1984年西安。陈楚主编:《当代田园诗选》刊发,中国国际广播出版社,1992年)

名利场三令

【自度体】款儿令

万元户,不算富,转眼款爷已无数。明修桥,暗铺路,混个委员做保护。宠色焉扯布,抖派谁残树?总统套房住一住,千元卷爆竹。使钱官儿腐,使威民儿怒。偏还嘱:顽童只配当干部。

【自度体】腕儿令

腕儿翻,十亿兴趣一手牵。媚俗声价喧,惹事上花边。一串串名人官司为哪般?玩玩,名儿利儿一股脑赚;侃侃,国呀民呀一锅子涮。一招鲜,吃遍天,唯有读书是下般。

【自度体】官儿令

庙大菩萨多,一窝又一窝。京里忙组阁,省里忙出国,县里忙吃喝,乡里忙赌博。　　皇冠胯下坐,精神嘴上说,人才脚底跺,业务脑后搁。忽听机构要改革,阿弥陀佛,汗津津前程知如何?

(作于 1993 年 7 月 9 日。广州《诗词》报,1993 年 8 月刊发,徐耿华主编:《当代散曲百家选》,选入《腕儿令》《款儿令》两首,三秦出版社,2015 年)

公关三剑客

【自度体】酒儿令

　　威凛凛早晨相公,襟正;油腥腥午间关公,脸红;醉醺醺夜里济公,不稳;　请一顿,顶一阵,社会主义车轮还得人情润。交情深,一口闷,政策随着裤带松。密麻麻的公章血淋淋的红,谢了你,酒神。

【自度体】财儿令

　　信拜金拜物时髦教,祈财横福倒。回扣红包就是上膘的夜草,拖着逼着死皮赖脸地要。　　正义大盖帽,吃了原告吃被告;天使大白罩,宰了病属宰病号;各衙门都剪道。莫说明星们走穴代言市价儿爆,买账的,多是公家阔佬阔少。

【自度体】色儿令

　　嗲两片点绛唇,送几波眼儿媚,三步四步体儿偎,劝得头儿醉。酥手正搔在痒痒背。　　逃个税、入个围、升个位。黑鸦鸦多少权贵裙下跪,妙哉送人腿。

　　　　　1993 年 11 月 18~22 日

形式主义素描

【自度体】花架子

醍醐灌顶的政治学习,披旗;海阔天空的例行会议,游历;穿靴戴帽的红头文秘,堆积。拍领导马屁,吹自家牛皮,庇亲信熊迹。政绩?还是空城计?留余地要救济,放卫星要提级。一级哄一级,一直哄到总书记。

【自度体】冷场子

花儿描在样儿上,粉儿搽在脸儿上,市儿挤在场儿上。给市场经济建座娘,拢群羊。热肠子偏遇冷场子,没承想,优惠,招商,喊得震天响。

【自度体】干嗓子

雄鸡吹个调,老虎做报告。猫咪喵喵叫,狐狸偷着笑。硕鼠溜了号,苍蝇戴手铐。难怪羔羊不感冒。说什么风暴,点两滴眼药。"革命"还得有依靠,一撮小,交待了。

(作于 1993 年 11 月 24~29 日。徐耿华主编:《当代散曲百家选》,选入《花架子》一首,三秦出版社,2015 年)

【自度体】夕阳红

　　为问退休习惯否,老友常聚首。你画幅丹青,我书笔柳。绿袖红绸还大街上扭,余热重抖擞。　　管住老头别醉酒,就是贪两口。我练套轻功,他抹脸丑。电脑钢琴给小孙女授,谁教期望厚!

1995 年 3 月 4 日

【自度体】红灯记

　　恰而今娱乐在"莫斯科郊外",车马流异彩,后门深似海。星点点,挂羊头卖;鳞次次,尽鸡婆拽。好一派时代风情寨。巧生意巧安排,宰客官、牛刀贼快;饱淫欲、野味胜菜。歌舞厅推心置怀,按摩院换骨脱胎,洗脚屋纷至沓来。时势造英雄,英雄受青睐。衬款威、小蜜坐怀;雅官兴、小姐坐台。哪管干部鸡肋犹在,工人下岗歇菜,农民无奈摊派。这清贫的光阴真该让人啐,忱时泪,倩谁揩。

（作于 1998 年 11 月 10 日。徐耿华主编:《当代散曲百家选》刊发,三秦出版社,2015 年）

西游记后传

【自度体】黄裓子·唐三藏

年近五十八,心里更落寞,老住持眼中越发藏不住啥。想当初万水千山把荆棘儿踏,降妖除魔把红彩儿挂,自力更生把裤带儿扎,到如今好光景才开了头,就剩下了把。告别那迎来送往的官驾,咽住那颐指气使的官话,做个柴米油盐百姓家,委实地落差大。有权不用过期作罢,话是俗话,还得趁早把银子来搜刮。卖乌纱提拔得琼林殿里无处安插,包工程搅骚得招标会上做戏耍。哪管他豆腐渣不豆腐渣。贪财能干啥?无权又怕啥?三藏悔曰:难求除魔大法!

【自度体】紫翎子·孙悟空

收拾起降妖除魔金箍棒,闭上那辨恶扬善猴眼亮,再不会筋斗青云十万丈。恰如今花果山里流水淌,弼马温中功臣藏,新长征需要新特长。你老孙,缺乏关系网,没有博士状,年轻化哪计资历强。偏这猴头牢骚响,就你猴皮骚且痒,哪容他猴心不定在官场。且翻出大闹天宫那笔账,辨不清欺佛杀生狗血脏,谁信你啸聚山林冤且枉。人间帮中帮,步步桩靠桩;未谙人情场,暗数伤上伤。悟空叹曰:哪像干事欢畅!

【自度体】绿票子·猪八戒

且挺浑圆肚,不戒荤与素。想当初凌霄殿上风云处,元帅楚楚贬尘土;取经路上遇妖雾,悟能觳觫走软步。归来后净坛使者差事富,油闲挂官府,雄心在商贾。乘着东风去,挂冠下海舞。先摆街摊苦,怕当万元户;承包乡企初,吆卖健美裤。生意渐参悟,官商勾兑互。开发房地产,房价猛如虎;引资送矿物,烟云炉高矗;圈地高老庄,庄园金汤固。都传说刚鬣修成仁波切,却原来八戒怀里小密酥。长喙吐芙蕖,大耳招今古;黑脸胜白脸,獠牙天地殊。八戒赞曰:人生唯好赌,牌好谁羡慕?

【自度体】红顶子·白龙马

时代换时代,仰天一感慨。也曾经荫庇西海,也曾经踏破芒鞋,也曾经牛棚蒙埃。却原来一纸平反文件把命运改,龙马精神焕异彩。化龙绝尘事,盘桓在庙台。改革起蒿莱,承包百业开。特区起沿海,开放引资来。时代在澎湃,新星出群侪。好风凭借力,众志成城哉。物价闯关隘,风波满大街。南巡春浩荡,市场仗雄才。世贸开生涯,国运次第阍。难待先后富,和谐无疏怠。欲越龙门外,心系苍生恢;苍生知何在?茫茫无疆界。龙马唱曰:共富是大爱。

【自度体】蓝领子·沙和尚

愿作一片瓦,遮护万千家。谁说是赤发乱如麻,青脸酡如霞;心随琉璃化,宝杖冷月牙。也曾经官封罗汉衔,支边日月斜;岁月似流沙,劳模年年夸。哪承想危机全球化,国企争论大;"冰棍迟早化","靓女应先嫁";呼吁"砸三铁","买断工龄"罢;高层拿股份,职工把岗下。不堪待业苦,老衲重出家;新修七宝刹,传拳桩与胯;高香烟云炙,释家商业化。自家顾自家,九死化浮槎;谁在月光下,自渡亦渡他。沙僧悟曰:世界变化大。

1998年11月初稿

丁香集

壹 夏日的激情 段庆林

时间之镞

被雄鹰俯冲过的山谷
草原　因怪石而突兀
一支剽悍的部族
使日子显得抽象而质朴
你叩弓待发的姿态
在古岩画上凝固
使历史也饱尝了
手臂的酸楚
远处　被吆喝连缀的围捕
静止于饰羽之响镞
灰狼或黄羊之哀鸣
被风化得粗野而模糊
千年的秋雨每每撩开尘土
每每脸红你孤独的乱涂
一枚石器为你醍醐
使生活也永恒得如此炫目

念珠集

千年的秋雨每每撩开尘土
每每惊讶这箭镞的魔术
那被时间洗礼的
已非风吹草低见牛羊的掌故
而是这满川浩浩荡荡的稻谷

1991年8月22日

未烬的篝火

你膜拜过的
那枚金灿灿硕果
被西山咀嚼出
黝黑的苦涩
这不可把握的夜色呵
浸淫了月亮和星星们
——那辉煌的碎屑
隔世的灯火也永远
充满诱惑
你感激过诅咒过
费解的都是
这瞬间的定格
使你陡峭的草原
总是绝缘于
黄河奔腾的生活
你自嘲山里人
耐得住寂寞
恰如如今南墙的暖色
给你安慰的还是那堆

念珠集

永恒的篝火

你拢着　夜也拢着

脸子变幻夜色的闪烁

喷香的狼肉滴下

最后一滴污血

反射出远方悲伤的明灭

铺天盖地的西北风

从冰冷上掠过

使你的额头些些发热

你豪放的舞步

踩痛一只飘来的

迪斯科　来吧——

在古老的石头上坐一坐

就像坐坐时髦的咖啡桌

体味一首情歌的余热

（作于1991年8月22日。《朔方》，1992年第4期刊发）

左旗的忧伤

我把你画在北方
冰凉的岩石上
让你青春的模样
丰臀和肥乳
依然缠绕住我
千年的思想
却画不出
初次邂逅时，勾魂的眼光
新婚的清晨，你煮奶茶的芬芳
还有漏画的那些
孩子们的嬉闹和新装
生机盎然的草场
我套住的烈马，你栅栏中的群羊
也画不出
你喝酒时　潮红的双腮
和唱阿拉善长调时的忧伤
如今，我掠过岩画的手
已经感触不到
你青春的气场

念珠集

　　坚硬的岩画，怎么能配得上
　　你绸缎般的温柔欢畅
　　如今，我在贺兰山东麓
　　躲避北方沙尘暴的扫荡
　　只能为你写一首情诗
　　想念你
　　镌刻在岩画上
　　永恒的模样

西夏的题刻

站在西夏的时代里
倾慕宋瓷的雅致
就像当代人
喜欢美国的大片

参加国际岩画研讨会的
各国学者们
用不同的语言赞叹着
当年党项人也站在此处
用西夏文镌刻的
佛

我也站在似懂非懂的岩画前
对着笔画似曾相识的
文字发愣
拜寺口双塔的风铃们
适时地传来
古人琅琅的读书声

念珠集

扬　镳

黑石林立,怪石遍地。其中一直立石壁上,凿刻着两批相背而立的马。在左边那匹马的背上有三个柱状物,可能表示骑者。其左上角有西夏字一行,意为"文字之母"。

——《阴山岩画》

勒马回首
命运
已然脱缰于你无形的手
信步　不是追求
星象　也不会是坦途
命运早蓄谋已久
不合胃口
溺爱才是你的丑
无可奈何的也已经脱手
你自珍的敝帚　却
无时不与我搏斗
我不会妥协
如果断奶　就是背叛
我情愿断餐
你不用明言

我也会在镜中发现你的遗传

默默　并非无言

而复杂的情感

却难以言传

我只能狠狠地给过去

一鞭

路　就是向前

　　　1991年8月10日

焉支山

> 失我焉支山，使我妇女无颜色
> ——匈奴民歌

我站在董府颓废的城墙西望
焉支山的苍茫
在大唐西市，在嘉峪关
在静静的黄河边
西北的大雪
降落在葱绿的穹顶上

我在来往新疆的飞机上
俯视河西走廊
就像翻阅历史
持旌节西去的张老臣
受降的霍少将
隋炀帝会盟天下
　的饮马长城窟合唱
左宗棠扶棺入疆
西路军血染沙场

焉支山下
　　也走过
兵团的老兵和援疆的姑娘

我在兰新高铁飞驰中回望
焉支山的苍茫
欧亚大陆桥上
嫩绿的左柳
掩映住胭脂色的脸庞

遥望焉支山
就像苍茫大地上的
一小点美人痣
或是半边涂搽过的香唇
古老的胭脂
永世的珍藏

　　3月12日

依 然

依然是嫩嫩的三月三吗
依然是和煦煦的风
　红扑扑的小脚片
　　跑过绿茵茵的芳草地吗
依然是奶奶怀中的童话
依然是童画里被我涂抹得
　　幽蓝幽蓝的天吗
依然是纯洁的云彩吗
　在童心中
依然无忧无虑地舒展　盘旋
依然是满地童趣的故乡吗
　还是
依然童趣满天的潍坊
依然是一样的心情啊
　　无论鬓角　无论肤色
依然是脐线不断的信念啊
　只是越加邈远
　越加绚烂

依然是一筝多梦的童年吗
年年童心依然

  1991 年 3 月 12 日

念珠集

夏日的激情

你是一位挺现代派的妞儿
调皮的夏日
七彩的裙裤扇动起
我满脸纷纷的绿夏季
春　已经怀过了
且已经老练成
私奔的蔷薇
如今你是家燕呢喃着
邀我去你金黄色的巢里
同居
我很腼腆呢
我是乡下的男孩儿
黄色的肌肉
拘束于绿色的蓑衣
长江呀黄河呵——
澎湃着我雄浑的情欲
我很朴实呢
汗颜掩饰于茁壮的葱绿
谁敢正视你瀑布似

灼灼的秋波呢

一吻一枚烙印

墨镜闸不住你

泛滥成两条蓝色的多瑙河

你嫌我还不够爱你呢

雷一阵闪一阵地哭泣

我傻傻地被感动得涕泪横溢

你却在黑手帕后

偷觑出了笑意

当八月瓜熟蒂落

你的激情也渐渐退去

我那花心的野婆姨呵——

（作于 1990 年 7 月 28 日。《宁夏日报》六盘山副刊，1991 年 7 月 21 日刊发。宁夏回族自治区党委宣传部主编：《宁夏文学作品精选》，宁夏人民出版社，1999 年。中国台湾《大海洋》诗杂志 66 期，2002 年 11 月转发）

念珠集

无 题

虚荣的风吹散了我的蒲公英
粒粒情种在虚无中梦春
飘飘然蝴蝶蹭了点香粉
萋萋情蜜蜂讨了点残羹
当我疲惫地落入泥中
沙枣花正发出浓郁的芬芳
啊——
春风的温存
　夏日的激情
　　秋风刮得正紧
深沉的眼神
看不出是迷蒙还是清醒
秋风的无情
　冬天的寒冷
　　春花重又缤纷
陈酿的情愫
不知道是苦涩还是甘醇

　　　1985 年作于西安大雁塔

话　别

你把我投入这冰冷的冻河
水面却翻腾着滚烫的碧血

你把我埋在那荒芜的山坡
坟头却长满了缠绵的藤萝

沙漠流火
　　为什么没有一滴甘霖洒落
汪洋迷茫
　　为什么没有一线航灯明灭

话别,我却走得是那样依依不舍
流落,你是否回头慰抚我的寂寞

　　　1988年4月

春 情

爱煞夭桃羞红的腮颊
　　吃吃地窃笑凫鸭的呆傻
爱煞秋李皙嫩的素雅
　　乖乖地舍不得你被撅掐
和风飘起你长长的秀发
　　别问我丝绦拴住了啥
拨一曲吉他别笑我的喑哑
　　不知道家燕呢喃着什么情话
让思绪发散成行空的野马
　　我们去踏青戏耍
　　让爱情和芳草一起发芽

　　　　1989 年 5 月 1 日

朦　胧

撑一把蓄满夜色的苍穹
不要脸红
任满天是促狭的星星
　满街是熟识的眼睛
将臂膊挽紧
我不会不平衡
可以谈我的诗　你的画
还有我们多舛的爱情
让夜色将一切抹得混沌
你可以自信
　是我心旌摇动的夜美人
披一身月光吧
勾勒出你婷婷的倩影
还有你激情洋溢的眼神
举手投足都流动着迷人的神韵
我怨阳光为何过于分明
我愿世界永远充满
　这无忧的朦胧
朦胧就是爱情

　　1990年5月1日

红毛衣

总是不知
什么才是你为我织的红毛衣
我流浪时
你一赌气拆去了你的情丝
蓦然回首　惊喜
你已经重新编织了个漂亮的自己
我缠裹在你针针细密的情网里
虽然不合身
你却自信地说
拆去！我会重新织个乖乖的你

　　　1990年5月1日

四 季

你说
你是温柔的春风
却怕
拂起的垂柳拴住了别人的心头

你说
你是热烈的夏雨
却怕
敲响的荷盖宣布了一切的结束

你说
你是幸福的秋实
却怕
憔悴的黄叶褪去了浓郁的爱意

你说
你是恬静的冬雪
却怕
嶙峋的梅花披上了苍老的白发

1990 年 6 月 24 日

白丁香的梦

一切的憧憬都是泡影
唯有白丁香淡淡地
　淡淡地开放在春季
青春哪堪回首
没有战栗的爱意
只有骚动的情欲
渐可罗雀的
心扉　没有
捕捉到一拍即合的叩门声
即使有缘　也是
倏然无份的秋风
徒然吹皱一汪多情的春愁
如今心已疲倦
任春风得意
催开迟暮的白丁香
忘却那铁树般千年的誓言
搭上末班车
只能如此了吗?
沉沦　却又一次次不平衡

圈一束白丁香吧
献给我不死的春心

 1990 年 4 月 27 日

含珠集

少女的来信

既然爱
不能使你陶醉
那么被爱
就一定是一种累赘
我炽烈的追求
既然不是一杯美酒
那么分手　也许
就是你舒展的眉头
不要将我苦苦地挽留
既然爱
总是徒然
那么你迟早会感到
我心灵的疲倦
我的眼泪呵
流淌着不能使你
幸福的惭愧
而沉淀的
是永永远远
对你最美好的祝愿

丁香集

分手的一刹那
你如果发现我的美
那是一颗少女的
痴心　为爱而破碎

　　1990 年 7 月 17 日

念珠集

沙 窝

太阳恶毒地熬煎着脱水的生气
蜥蜴软弱地躲入白刺干瘦的荫翳
湖　贼一般逃避牧人的通缉
却总是被飞禽走兽无情地衔去

脚下微风沙沙地剥不尽沙皮
你驾驭狂飙霰弹弥漫使我迷离
看不见河坚实地系在腰际
我感到疲惫而又孤寂

甘霖滋润着我的肌体蓬勃着浓郁的绿意
郁郁的绿意汲取着太阳披散蒙蒙的光雨
蓝蓝的忧郁　红红的激励
俯视着黄沙与绿洲你死我活的拉锯

清脆的驼铃驮来蜃楼还有海市
惊起的野兔速写出沙漠心的逃逸

1989年8月20日

麦 子

六月的麦子
像婆姨渐渐饱满的喜肚皮
金贵着呢
你毒花花的眸子
急切地关注着那片田地
扬花时的韵事
已经悄悄凝聚
唯有麦粒
才是你的快意你的希冀
你提防着狂风呀洪水呀
别把她给卷了去
并给那些花心的虫子
喷上些药剂
你憨厚地笑了哩
流露出些些黠意
仿佛是猜透了一桩秘密

当汗流冲破了
你古铜色的尘腻

念珠集

扑向你胸怀的

是泛着成熟色的麦子呵

(作于1991年6月21日。《宁夏日报》六盘山副刊,1991年7月21日刊发)

镰刀与草要子

镰刀悬于梁际
提醒你
收成　还没个底呢

凝聚一季汗粒的希冀
在这越发成熟的
七月里
竟越发地沉不住气
就像男人
唾手的唾沫
还得努力，搓入
最后一身汗气
才能给金黄的丰收
拥抱一圈迷人的死系
这让你想起
女人温柔的胳臂
七月的日头如火
你很心疼女人
陡然粗糙的手哩

念珠集

　　你很熟悉她那几个
　　箩筛几个簸箕
　　心头依然漾起　春天
　　被遴选时的甜蜜

　　七月的女人都像块砺石
　　七月的丰收将男人磨砺

（作于1991年7月21日。《宁夏日报》六盘山副刊,1992年4月19日刊发）

拾 穗

你勾腰拾穗的刹那
活像一幅名画
妈妈　远山淡雅
我浮华的眼睛
惊讶地长满白桦
七月红红的干热风
淌过记忆
那淡金色的麦茬
蹿动起你如麻的银发
俯仰　俯仰……
俯仰在希望的田野上
朔方干燥的太阳
晶莹地划过
你渐渐严肃的脸颊
于丰盈的蓝布兜襟里
升华
一株最为实诚的庄稼

念珠集

啊妈妈　我一折腰

捡起的

可不是一枚风景呀

（作于1991年7月21日。《宁夏日报》六盘山副刊,1992年4月19日刊发）

无边的月色

中秋的月色真皎洁　不骗你吧
是女性的桂花老林子里分泌出来的
飘飘荡荡缥缥纱纱的
就像汉子嘴馋的乡色酒
思乡哪就那么一扬脖儿
你不能多喝
想我的时候就从相片的小酒窝里
偷偷抿上两口儿
听说司机都很那个呢
汉子的肩头夜猫子嘤嘤地告诫过了
拧红的耳朵还是让人不放心的软哪
你一脚踩着了我思想你的火
长途车啊
把挂念扯得生生的痛呀你知道不
没有你的日子里　祝福
就像那首都爱哼哼的台湾歌
你知道车轮是碾不熟
香日子和爱情的
我草草地过掐巴着过

你的来信仔仔细细地读过
   又一行行地抚摸过了
碎碎反刍汉子逗人的每个细节
十五的圆月亮是最挂不住心事的
时不时村口儿门口儿瞭过
我把月饼烙得像锅盔
两株桂花树香油蘸过
嫦娥的故事凉了又热
吴刚伐不倒的
白兔捣药又能治吗
秋波似的月光飘飘荡荡
你好意思辜负这无边的月色吗
——无论如何今夜还是你的
我不许电视机看我，灯拉灭
绣一身柔和的月色
你多情的眼睛像日头毒毒的
不是这漫天满地的月色
是从我心眼里抽出来的你知道吗

　　　1991年中秋节

短章四首

纪念章

政治家铸造你得了权
收藏家出卖你赚了钱

人民和你
总是可悲地遇到
二道贩子

时髦

饰女子如花的
是昙花
振羽的人呀
效颦的蝶儿
已经凋谢

眼泪

泪
才几滴
咸的
有海的味道和
内涵

冬

下一场雪吧
掩饰发皱的往事
仅扫出
一小块儿
任麻雀啄食

（作于 1991 年 6 月。《朔方》,1993 年第 4 期刊发,入选宁夏回族自治区党委宣传部主编:《宁夏文学作品精选》,宁夏人民出版社,1999 年）

短诗四首

向日葵

每粒籽种都是
太阳的骨血

小别是夜
沉默亦如夜

皱纹

智慧
已渗入隆回
你是岁月
额外的
小费

爱与恨之间

真想抚爱
红罂粟

恨我
不是她骨子里的
毒
素

湖

澄净如
小女子的
城府

打水漂逗出的
是诚实的年轮呢
还是狡黠的笑靥?

1991 年 5 月

雾 霾

北京终于出现"奥运蓝"的喜讯传来时
我正在银川的雾霾里，查看女儿传来的微信
被堵在著名的北京路八车道上

那年，在乌鲁木齐煤烟味的初冬咳嗽了三天
在雾霾围困的地窝铺机场枯坐了三天
挤上东去的列车，逃离了新疆

今年，当飞机弹跳起来，我才看清了咸阳机场的跑道
开车进废都，没有找到雾霾中古老的城墙
雾从今夜白，霾是故乡浓呀

穹顶之下，雾失中国，霾毒神州
是谁在喂人民服雾？
总理发出了雾霾征集令
听说治理雾霾的大风，已经吹过了张家口

3月12日

郎木寺

在川甘交界的郎木寺
睡了一宿
安顿久久奔波的身心

白水河静静地穿过
小镇有两个寺
一座山是寺
另一座山也是寺
一分为二

我能像老喇嘛那样入定吗
小经童探出了好奇的目光

没有去找通往天葬台之路
那被活佛摩顶过的头
有些许秃顶
就像盘旋在天际的秃鹫
我学雄鹰励志了一声
一头又扎往

红尘的深处

3月12日

注释：

秃鹫，以食腐肉为生的大型猛禽。据说，在释迦牟尼时代，鹫鸟头顶上原来也长满羽毛。释迦牟尼成道之后，一群鹫鸟经常在佛陀讲经的精舍上空盘旋，遇到佛陀一个人外出散步，鹫鸟们常常在他后面跟着走，有时还用头碰佛陀的手。佛陀问鹫鸟，莫非你们也想皈依佛门吗？鹫鸟们点头作答。佛陀便用手抚摸鹫鸟，经其摸过之后，鹫鸟头上的羽毛纷纷脱落，成了秃顶。后来，人们将佛陀精舍旁的一座山峰称为"灵鹫峰"。

念珠集

Statistics

一

无数片雪花落在我们精确的心头
滚烫的心头升华的汗水无语东流
在没有季节的密密日子里
笔　是纤绳拉入肌肉的犁
是吴刚们老钝或锋利的斧子
或是我们永世砍不倒的桂树
在碌碌奔波的叠叠阡陌里
在比琴键还宽阔的音域里
你弹奏的是什么？
是单调的岁月滴禾下土
还是自豪的数数皆辛苦
有人说
我们是农民变异了的子孙
自然遗传了谷贱伤农的劫数
还记得那首儿歌对 Statistics 的估计吗
三分呀统计　七分呀估计

我们曾经是狂热的温度
权谋的砝筹
是面团被任意地搓揉
我们曾是计划的婢女
无端地被注销了城市户口
仅有一件单薄而低档的数据库

二

我们是决策者的助手而不是手
手啊勤劳的手灵巧的手可别是
机械的手
手啊是盲目的网漏掉了许多
在鱼群刚过的浅海里苦苦地摸索
手啊是无知的树果实已收获
飘落的黄叶是你的年华和苦涩
改革了开放了你开始忙了
你是执着的哥白尼　我是狂妄的伽利略
我在历史望远镜里与配第握手
手啊是他的笔吗陷入了深深的思索
手啊数学家凯特勒、皮尔逊和费歇们
发展了 Statistics
手啊经济学家库兹涅茨、斯通、列昂捷夫
应用着 Statistics

念珠集

一切的一切科学工作、生活和赌博
应用中发展发展中应用着 Statistics
那么
是统计师兼高级经济师、社会工作者
多元的职称系列
是自己的手手脑相携去参与决策

三

钥匙已然开启三月里破浪的汽笛
埋没过你的田地在你的计算机里
被一张张飞速地深犁深犁
你摇动的不再是鲁班的铧犁
而是灌满智慧的水笔
麦粒既然倒胃
从中提炼出花样五彩的美食
钥匙已然开启
钥匙已然开启七月里绵绵的烟雨
你自负过的长铗弹着你
游刃的鱼
在你的枯肠里传艺传艺
几本填表大全已成滥竽
你的十八般武艺能演练出几多统计分析
你调查着汇集着数据和信息

信息社会信息就是金钱、智慧和粮食
起舞闻鸡
汗水冲走了冲走着多少个四季
钥匙已然开启
炉火渐然纯青
门吱吱地推开鞋橐橐地入室
呼吸着智囊团思想库的气息
参与、参与、参与……

  1989 年 9 月

贰 紫丁香的梦　徐秀丽

三月的风

傍着晴空
我的恋人
你——在哪里
每一次电话铃声
都像一个导体
牵动着三月风中的恋人
无数次地默默祈祷
没有你的身影
让我等到何时?
是明岁三月
还是今宵熏香
丝丝风
勾起思绪
不要再等待
推开羞怯的矫饰

绕过花开满枝的别离

在篱笆墙外

静静诉说

任三月风的柔媚

把我揽入你的怀中

就在这美丽的季节

（作于 1990 年 3 月 30 日晚。入选宁夏回族自治区党委宣传部主编:《宁夏文学作品精选》,宁夏人民出版社,1999 年）

念珠集

桃花抒

和煦风
吹不散心中的阴霾
明媚的春光
抚不平眉间愁绪百结
游荡不定的孤魂
在清明雨中
沉沉心　绵绵泪
失去春雨温柔
没有绿意的浪漫
冰冷　凄凄
在漫天中徜徉
灰的天
点点雨
有意　无意　得意　失意
充斥长长的人流
踏着碎步
行踪匆匆
哪儿有静谧
哪里才有

哦，找到了

在长长街尽头

粉粉的　轻轻的

好可爱

拥近他

悚然 惊异

阵风中

轻轻的　轻轻的

瘦弱被微风裹起

跌落在点点雨后泥里

不　不……

可爱的

那里溢满爱

溶满情　灼灼的心

痴痴的

捧着你

任清明前的风撩起我的裙

我要你

可爱的

挽起你轻绵细腻的身躯

我哭了

在三月的风中

呆呆的　失神的

无数次亲吻

念珠集

低叫着

可爱的

任我狂呼

不见你回眸

只等明春

我再来

折一枝

1990年2月8日晚

无 题

淡淡的
淡淡的
是撕碎的雨
孤寂的星
划破天宇的弧光
再不会有昨夜的璀璨
朦胧中只有星星在狡黠窃笑
把毒恶青光倾泻
静静的 坦然的
任斗转星移
把情碾碎

默默的
没有温情
醉吻中冰冷的心
淡淡地来,淡淡地去
一丝余温又怎能化作
炽热的回忆
记忆的插页中

念珠集

　　寥寥的
　　没有春雨过后的彩虹

　　淡淡的　惨惨的
　　像色盲眼里的画幅
　　更像不成熟作品的
　　素描草稿
　　翻不开了
　　梦的章节
　　掀不动了
　　情的细纱
　　很累　很累
　　只因心曲弹得太重
　　太久……

　　　　　1990年2月8日晚

期 待

目光又一次黯然
心在垂泣
无数次的依偎
逊色在刹那间
情爱的火焰被画上长长的问号
彷徨在清冷中
紧缩在月夜里
孤寂在影子间
迷惘　失意
像魔棍　撕扯着
在期待的心
无数的叩门声
繁杂的步履声
幻化成你的影子
抽发成情芽
却总像雾中玫瑰
无数的梦
捕捉不到
无数的期待

念珠集

仅剩凄凄的等待
凄迷　忍耐中的期待
失意　思索中的努力
谁又知是为了一场
从陌生到陌生的苦恋
情火一次次熄燃
只存一堆大火过后
心的灰烬

月 夜

长长的夜
静静的月色
空旷把思绪
带到原始的初恋
没有烛的火花
默默的
只心相对
吻着你的手
你的唇
在黑暗中
把冬日的寒意驱尽
拥你入怀
把爱渴求
情愫在迷蒙中抽丝
爱火在黑夜中燃旺
像炯亮的灯塔
柔情似水
又似迷人的月光
是你　是我

念珠集

共把爱火点燃
在这长夜的寒冷中

1990 年 3 月 31 日晚

收 获

白雪化作春泥
心头滑过一缕暗香
透过纷繁芜杂的寒冬
走过来
带着蓝色的勿忘我
又似一株永不凋零的碧树
尽情地开放着
把春梦缕缕编织
韶光初绽
绚丽清芳
试尽了天寒翠袖薄
依着黑泥
细细播下情种
去寻收获

　　　1990 年 4 月 1 日

念珠集

回 首

青春　一纸空白
缺乏炽烈的恋情
没有轻雾缭绕的梦浪
只有斑驳飘零
和泪中失却的世界
沉湎于深邃的无情中
那美丽故事下
唯唯没有拨响青春曲
霓虹灯的光泽
掩不住冬的寒冷
恰似忧伤启不开的心扉
一丛丛桃红柳绿
更显年轻的惨白
如雪　如梦
凄惶
像天穹中一抹游移的云
没有塑造透明如玉
哪里还有晶莹剔透
无聊　平庸

刻意而却随意

唯唯没有绿意　春意

拾一片窗外飘进的绿意

感慨中迷迷不知叶芽娇嫩

冥冥中的笑靥

是梦中的奢望

没有记下季节的符号

穿过烛火摇曳

走过了星雨风雪

一枕醒来

年轮无数

华发苍然

再寻他不到

——生命的前奏

沙枣花颂

漫天的沙枣花
馨香四溢
把诱人的黄涂抹在
无云的朗天
阴柔的风摇响着只只小铃
试奏出春的颂曲
任风拂颊
耳畔私语
嗅出一宇的花香
拥着满穹的生机
翩翩然　旋开我的裙
与风翻舞
裹卷起满身的花黄
注进生命的血流
夜幕低垂　暗光浮动
辉煌在夜灯如星中
倩俏依然如故
低眨睫帘
把缠绵悱恻流露

白云撕碎的雨后
把湿润揉成朝露
清凉　酣畅
重温霞光
孕育他载阳春
让信赖悄悄滞流
似梦　似幻
低回吟哦
那朦胧中的温馨

野迎春

妩媚月下
挽你臂膊
将心跳默数
蒙眬中醉眼灼灼
同把身躯紧偎
暖暖的
心在交融
高爽星疏的夜
迷人　醉人
折一枝野迎春
为你
我的爱人——
戴在发间
夜潮潮的
降下甘露
那是唇的温润
打湿的衣襟
是泪水的倾泻
爱意中的醉吻

揉碎了秀发
野迎春却更加娇艳

1990年4月2日

念珠集

寻　你

荒漠中
风沙被泪水冲刷
小风卷起的沙浪
把身后足迹荡平
夕阳下温暖的沙上
粼粼满目金光
幻觉里栖息着鸳鸯
静静滑落的流沙
干涸　滞涩的唇岸
把心舟轻驻
脱掉我们的双履
用它做舟
拴起黄丝巾扯作帆
在沙海中冲浪
小小舢板
载着你我
点点碎沙
卷起沙帐
共把太阳追逐

热寂后的大漠
悄露凄凉
心在下沉
怀疑远处的希望
倏然间
极目眺望
浩瀚中泊着一隅绿洲
莫不是沙雾中的海市蜃楼
甩掉全部
伸开双臂奔向你
贴近了
一片干涩的沙棘
瞬间中的惊诧
用泪把你浇灌
——寻找已久的希望

念珠集

紫丁香的梦

摘绽放的紫丁香

别在裙摆

任风中玉蝶追戏

婷立在晨光中

不再瞧走来的路

仅把寄语留在身后

短短的分别

长长的寂寞

怎堪回首

曾缀满双影的小路

有你时　它把距离缩短

独行中　不尽惶惑

忽有一天

紫丁香的梦被惊蛰

她才说

原来世界是堆砌起来的

就像这紫丁香的梦

（《朔方》，1992 年第 5 期刊发，宁夏回族自治区党委宣传部主编:《宁夏文学作品精选》，宁夏人民出版社，1999 年）

清明祭

风火燃起
不是烽火狼烟
一纸做成的钱币
在风中捎去怀念
亲人的低泣
沿着清明的雨道纵流
久久的跪拜
企图把生别死离重温
再铲新土
将思念深深埋入
做你他日的抚慰

移小小常青树
在你坟旁
像我心永伴君住
采簇簇野山花
献在坟头
从此后重把流浪
写在眉宇

念珠集

孤寂永留

拍拍衣袂的浮土
轻拂去一腮凝脂
犟犟中远去

1990 年清明节

今 宵

姗姗不见归来
重把黛眉轻画
像你黑夜中的微笑
羞红的桃腮
缀满蜜意
猛回首
秋波中
你已在身后
把双臂延展
依偎把时光绕过
今宵的夜月
今宵的吻
醉卧三秋
勾起你脖细细阅读
相视中写着初识
还记得吗
今天
浅浅笑
再吻你的双颊

      1990年4月4日,写在相识三个月

念珠集

墓 地

为你铺展的星
独自忧伤
黄昏中日晖里的墓地
睡着一生的梦
撒满寒霜的心
想把余晖挽留
哪知晓　只剩泪水漂泊

飞旋的彩蝶
任玉笛缠绵
只充作寒星点点
青青绿茵上的孤坟幽魂
无意轻火烟烬
悄悄把思念压在碑底
沉沉地将思念留在尘宙

娇花初绽
乍暖还寒
伤心人

——情飘何处
清凛的低咽
铸成朵朵珠露
留作朝花夕拾中的新娘

魂悲处
丢了手中的白梨花
再寻回
已把红颜落尽
憔悴素裹中
泪水启程的路上
以唢呐荡涤悲泣
用死温暖微笑

含珠集

海的故事

用擎天做柱
拴住情丝
在海角风的撕扯中
——紧紧相随
掬一握咸涩的海水
洗去风尘
用蔚蓝编织
掰礁石筑巢
让相爱泊驻
再串一束浪花做成美丽
挂在
我爱人
——心间
美丽的海
还有海的故事

紧握住

短短的
长长的
是岁月的足迹
今夜的月明星稀
不会变成明宵的星光同轨
遨游银河的人儿
怎知前立的分水岭
相恋的情人
不要等叶落秋根
只把今夜的春华
——紧握

暮 年

蹒蹒蹒跚
牵手落霞
仰望外婆
把额头的春秋细数

苍茫的双眼
迟缓的步履
笑落沧桑片片
难再寻
感喟中一声孱弱的叹息

用一缕华发做石子铺路
虽易断却还长
抬头春天
已没有年轻时的远

把一枝绿柳
更显嶙峋老皱
走不动了
挺挺腰
还要丈量剩下的岁月

远 归

山一般的隔膜
海一般的忘却
瞬时被吹成无影无踪
矜持的孤傲　虚荣
在理智的旋涡中
被少女心蕾摧毁

天边的风
拽回飘逸不定的云絮
在时间思索中抉择
回到昔日心岸抛锚
珍惜吧
今岁春日的情人们

黄昏中迎候的少女
轻轻的
拴起远归人的缆
用明眸投送情韵
回来了
尽融成一声低低的问候

念珠集

灵 犀

让风踩着秀发
在夜露上散步
一寸寸身后的小径
慢慢把地球环抱
静默成冬青树丛的询问
在繁花飞英时承诺
不要对我说什么
默默相视
就已把心花催放
遥望穹隆
窃浑圆丰腴的月藏在心底
采撷满怀的星星
成羽衣霓裳
留你冬日御寒
曲银河　绕白云
让两心奠基在浩瀚上
架出九曲回廊
绵延逶迤到你心底

四个月

春风的遐想
如痴　如梦
在群山怒吼中
苏醒
在林海潇潇里舒展
不眠的春心
是少男少女
爱的饥渴
尾随在欲望身后
将新奇追寻
重新的
感觉
翻开的
回忆
在第四个月中泛春
联结心底的小诗
把爱怨长成
一片绿茵
感觉以前的误解

不是爱的失误
只是理解的不深刻
四个月
往来穿梭
春蛇盘绕玉兔
把悲欢离合
种在了清冷的月宫
月桂枝头的平衡
不平衡
谱写出爱的浪漫
风调雨顺
并不一定五谷丰登
在时空
四个月的缝隙里
留驻着回忆
启迪成探索
孕育为感觉
是情感的前夜
升华
成心灵撞击声上的
精粹

芦花的诗韵

静夜像一台古老的搅拌机
在蝉儿蛙儿的焦躁中
不安地转动
让万籁组成和谐
舒展地坐在你身畔
把心头的柳絮轻轻吹散成
池塘芦花
在热风中流动
屏住气息
聆听诗韵
把炎热焦灼抛到商州
一汪汪的春水骚动
掀起涟漪
在芦花飘飞中
扑入你的情怀
惬意　淋漓
看不清脸儿羞红
草儿青青
只记得芦花缀满成星星

念珠集

　　一片片的嘶鸣
　　一片片的宁静
　　静伫在夏桐荷荫

心之梦

撑一蒿星月
在我已卷边的心扉
让每颗星星都在朦胧下
闪烁
不碰到一丝幽怨和哀愁
或许会把枯萎
孕成一片碧绿

捕捉一片风
夹进淡蓝色的心香
不在云头留下片刻潇洒
等到绵绵的雨季过后
再去寻找那片风流的花瓣
也许那时更温柔

接住风中的红叶
不要顾忌它憔悴
写意出一片灿烂的心歌
那时
它会比来时更多一份自信

  1990年5月29日

六月的热情

枝头的花蕾在四野风的繁忙中
悄悄微笑成灿烂
万顷枝头的新叶
在鸟儿的啁啾声里变成翠绿
速写在池塘中的蛙声
把春天暖风中播下的种子
呼唤成美丽的婷婷少女
万壑葱茏啊　就这样
在六月的热情里繁荣起来
把昔日的阴霾晦涩远远地抛在
抛在身后的季节中
绽开所有的微笑吧
就连飘游在天边最远的那朵云彩
也在六月灼灼的挚意下返归。
六月啊　就这样尽意渲染吧
渲染出一个辉煌的七月

　　　1990年6月6日

眼中河

当眼波汇聚成一条河
会在细数水底鹅卵石时
记起你曾经在我涓涓水流上
撑船而过
只把古朴的船歌留在了心头

当眼波汇聚成一条河
我会在急流险滩中插上航标
用心点燃
让孤独的你
安全驶过

当眼波汇聚成一条河
我会用春风荟萃一宇港湾
让游云穿梭成恬静
静静等待
你的归来

1990 年 6 月 25 日

念珠集

变 异

曾经到过的海边
曾经拾捡的小贝壳
都已在岁月上褪色
没有了海水的咸腥
也失去了涨落潮时节的战栗

曾经攀援过的山崖
曾经攀折过的红枫
都已遗忘在他乡
没有了荆棘丛生的小道
就连熟悉的小草也在日月中几度衰荣

出过海的船啊
翻过山的鹰
你还记得这些吗?

  1990 年 6 月 25 日

绿色的邮筒

我寄出了一封信
也撕碎了一颗心
在凄凄的晨雨里
我不敢再回眸
那身后绿色的邮筒
伞外的天
淅淅沥沥
伞下的人
一怀迷蒙
不知是雨水还是泪水
甩甩头　故作潇洒地
踏上孤独的旅途
不再期望
那霁雨过后的美丽彩虹

爱之夜

在白天
我无遐思你
只能把这份在阳光下无法袒露的
激越
悄悄地留给夜阑人静的黑夜
在这
我可以无言地张开情怀
把阳光的温暖、星星的抚慰
誊写在夜空的每一道波浪上
安逸偷闲的夜
你可知道
运行在你怀中的春心
久久难眠
多少次
我轻轻地劝慰
安睡吧
运行的爱心
可又怎能遏住呢
这颗早已迷失在伊甸园外的心

安然地
闪着明眸驰骋在黑夜
任由它在无风、无浪
无光　寂静永恒的
夜上
弹奏

　　1990 年 7 月 23 日

念珠集

散　步

夕阳下被晚霞燃烧成双影
无风的旋律
却点溅起平湖的涟漪
多情的缠绵中
顾不上巉岩迭起
杨柳依依
只在一片懵懂中
寻找蒲公英的诗韵
把身畔的笑靥
绽成玫瑰
一半的忧伤　一半的孤独
都被闲适的步履
踏成霁粉
在衣袂荡起的风中散尽
仅留下燃烧的你我

　　　1990年7月24日

四 季

凝望着你
我把涸涩的心泉
注进滋润
让它在冬日凝成皑皑白雪
覆盖大地

凝望着你
我把春天裁剪成初恋
在朦胧的馨香中发芽
为花季的缤纷画出浅浅的脚印

凝望着你
我把夏日燃烧成热恋
在最后一道残阳下成熟

凝望着你
我把秋实酝酿成喜酒
采集到我精编的仓中
让枯叶在残霜中安葬
为明年的来临奠基

    1990年7月24日

评论集

宁夏诗词创作的三个维度

古体诗词的复兴是新时期我国文艺繁荣的一个方面，宁夏诗词创作与全国各地一样以其各自特有的方式推动着中华诗词的发展。本文以具有代表性的三位诗词家为线对宁夏诗词创作做一简要述评。

秦克温与新边塞诗

新文艺工作者的创作向古体诗词的回归是一个有趣的文学现象。著名的例子有郭沫若晚年对诗词创作的偏爱以及和毛泽东的诗词唱和，臧克家"新诗旧诗我都爱，我是诗界两面派"的名言等。杨金亭还专门选编了一本以新文艺工作者为主的《中国当代百家诗词精选》，鲁迅、老舍等在当代文学史上大名鼎鼎的人物几乎都以其深厚的古典文学造诣为我们留下了诗词篇章。特别是回归现象，无论说它是兴趣点的转移，还是创造力的衰退，新文艺工作者对这一体裁的染指无疑提高了当代中华诗词的水平，而且以其在文学界的地位成为中华诗词事业当之无愧的组织者和领导者。

宁夏诗词学会的发起人张源、石天、朱红兵、吴淮生、秦克温以及肖川等均是宁夏当时比较活跃的新文艺工作者。高嵩、李增林、李萌、布鲁南、王拾遗等学者也基本可以划分到这一范畴。秦克温以其记者训练有素的倚马之才诗词创作颇丰，出版有《朔方吟草》，其新诗和旧体诗一脉相承，几乎咏遍塞上风物。吴淮生是宁夏为数不多的著名散文家之一，新诗和诗词成就均与秦克温齐名，其诗词集《思濂庐吟稿》多酬赠与游历题材，有别于其新诗创作题材的多样性，艺术性却较强。肖川是新体诗坛上西部诗派的代表人物之一，其律诗《秋兴步杜甫原韵》诸首得老杜之沉郁，比其新诗集《黑火炬》的粗豪风格更令我欣赏。

"新边塞诗"的名称来源于80年代初新疆诗人周涛等人对当时兴起的西北新诗流派的界定，秦克温首先将其名称引入中华诗词范围，并弘扬光大。他坚持一切从实际出发，抓住了宁夏地处边塞这一特点而大力推进了新边塞诗的研究和创作。1995年秋，以继承和发扬边塞诗传统、反映和讴歌新边疆为议题，在银川召开了"全国第八届中华诗词研讨会"，秦克温是这次大会的组织者，在大会上做了《总结边塞诗的创作经验，促进当代中华诗词健康发展》的主题发言，回顾了我国新边塞诗的创作成就和风格特色，呼吁加强新边塞诗的创作和理论研究。会后编辑出版了研讨会论文集《重振边塞诗风》和《中华当代边塞诗词精选》。成功地通过宁夏承办的中华诗词全国第八届研讨会的机遇，将新边塞诗作为大会主题，从而带动了全国各地对新边塞诗的研究和创作。新边塞诗的特征是使命意识、豪放风格和地方特色，秦克温是这一流派的代表人物。

秦克温出生于宁夏平罗县的一个农民家庭，初中时他的习作被语文老师推荐到《宁夏日报》发表，深受鼓舞，中学毕业后即到中共平罗县委宣传部当通讯干事。1955年10月作为当时年龄最小、银川地区唯一的一位业余文学作者出席了甘肃省首届文学艺术工作者代表大会,开阔了眼界。随后考到陕西师范学院中文系深造,在古今中外文学名著中汲取营养,奠定了较为深厚的现代文学与古典文学功底。最终到《宁夏日报》做了一名副刊编辑。

秦克温具有较为扎实的理论功底,出版有《秦克温文学论评集》和《诗的理论与批评》两本专著,他深受毛泽东《在延安文艺座谈会议上的讲话》的影响,在他的文艺评论和文学创作中,一以贯之地坚持"诗言志"的传统,推崇毛主席诗词的崇高艺术境界,能够辩证地看待文学的政治功能和审美功能,他是全国毛泽东文艺思想研究会理事。诗词界缺乏文学理论评论人才,秦克温在理论方面的特长使他的理论对诗词创作和研究有着重要的影响,也为新边塞诗提供了理论武器。

出于对古典现实主义的崇信,秦克温选取了"秦中吟"作为笔名,希望用他所熟悉的语言为生他养他的黄土地和像黄土地一样质朴的乡亲唱出由衷的歌。他的诗往往使人诗中见事,并希望能够使人诗中见史,他认为"豪迈是史诗的基调"。他的作品也就通常采用理性评判的方式,比较刚健。也许是诗庄词媚的缘故,他有意避免了采用词,特别是曲的形式,集子中多为格律诗。秦克温的为人以"直"著称,他的诗歌却很少涉及私语,格调高雅,而能够略带情致的作品尤为可爱。《朔方吟草》中数量最多的是塞上乡土诗,写尽朔方风物风情风俗,一草一木都能见精神。再次是游历诗,访古凭吊,借物言志,即景抒情。其次是时事诗,或歌颂,或讽喻,或酬赠,臧否时事,痛快淋漓。其诗作在《诗刊》等全国文学报刊以及海外华人诗词刊物中广泛发表、获奖,臧克家、公木、杨柄、严昭柱等名家都对其创作进行过高度评价,在诗歌界产生了一定的影响。我比较喜欢他的《致南国支宁儿女》等。

作为宁夏诗词学会的秘书长,退休以后的秦克温更是将主要精力投入到学会的事务中去。经他编辑出版的诗词选集有《塞上龙吟》《夏风》《当代诗人咏宁夏》《中华当代边塞诗词精选》等,主编有《夏风》诗词报,省级诗词大报全国只有广东和宁夏两家。由于编务工作的劳累,他得了中风和糖尿病等,仍然坚持工作。他积极广泛联系,组织诗词家深入工厂、矿山、军营、学校、企业、农业科研单位等第一线,采风创作。他许多以"戴诗会"等笔名发表的作品,是替企业扩大知名度的宣传诗,为了学会开展工作,他在这方面付出了很多精力。宁夏诗词学会因此而被评为宁夏社会科学界先进集体。他还主动邀请全国著名诗人、学者来宁夏为诗词学会、高等院校讲学,并扩大与海外华人华裔诗词界的交往。为了工作,他的爱人也义务成了学会的勤杂工,他是把学会当做家,把诗词当事业的人。秦克温对宁夏诗词创作、研究、组织的发展发挥了无以替代的作用。

周毓峰与歌行体

老干部是当代诗词创作队伍的主体。中华诗词学会号称是当今最大的文学团体,会员是中国作家协会的几倍,然而其会员百分之九十以上是退休老干部,水平参差不齐。老干部诗的直白风格往往引人非议,毛主席在《给陈毅同志谈诗的一封信》中,就有针对性地指出:"诗要用形象思维,不能如散文那样直说,所以比、兴两法是不能不用的。宋人多数不懂诗是要用形象思维的，一反唐人规律，所以味同嚼蜡。"一种诗风的形成除了作者的文学修养之外，更应该有其深刻的社会背景。在文字狱频繁的"左"倾形势下，很少有人敢追求含混、歧义等艺术性，唯恐立场表达得不鲜明，诗实际上成了一种口号。随着改革开放思想解放，我国古典诗歌艺术得以继承与发扬，老干部中也有真诗人。

宁夏老干部诗群除了张源、姚持、贾朴堂等前辈之外，比较有影响的是文史馆出版有《丝路清韵》，宁夏老年大学出版的《宁夏老年大学诗词选》，和唐麓君的"沙海诗林"碑刻，还有在宁夏诗词学会麾下的王文华、崔正陵、刘沧等人。最有成绩的是以周毓峰、彭锡瑞、周资生、曾干、胡清荷等为代表的湖南籍诗群。

周毓峰早期深受宋词大家周美成和南宋格律派的影响，格律严谨，语言拟古，可以看出浸淫古籍的功底。作品咏物与赠答较多，较少涉及社会敏感问题，可能是仍心有余悸。其咏物代表作《摸鱼儿·塞上春雪咏怀》，体物细腻，流畅自然，寄托深远，放诸《宋词选》中亦可与古人争胜。1992年周毓峰以其歌行体长诗《出塞行》，在"首届中华诗词大赛"十万首参赛作品中荣获二等奖，风格为之一变。据说《出塞行》实际评分为一等奖第三名，为了照顾一位华侨而被屈居二等奖第一名。《出塞行》以一位支边造林人与渔家女的悲欢离合的遭遇，反映出新中国成立30年来我国知识分子的苦难历程和精神风貌。被诗评家称为一首知识分子的颂歌和用初唐格律写古风的佳作，其笔力纵横捭阖，语言典雅哀艳，具有史诗的价值。也许是受《出塞行》等叙事诗的影响，在随后举办的"李杜杯诗词大赛"中，歌行体等鸿篇巨制更是风行一时。而周毓峰的歌行体创作

念珠集

更是一发而不可收,他的长诗《打工情曲》又获得二等奖。1997年他的《古剑行》更是荣获"回归杯全国诗词大赛"一等奖。由于周毓峰歌行体诗歌创作的成绩,宁夏诗词学会多次召开周毓峰诗词研讨会。

曾干的书《未了诗情》收录其《六十初度述怀》及亲朋唱和之作,情真韵切不落西昆酬唱的俗套。在周毓峰为其所作的序言中,我们了解到诗词之外更为感人的故事。1950年周毓峰和曾干等湖湘子弟参军来到宁夏,被分配到军区机关工作。柳营试马,虎帐谈兵,两人过从甚密。而曾君尤疾恶如仇,心直口快。1957年"反右"初期,周因任政治部宣传干事,被抽调到整风办公室编辑《整风简报》。首长认为军区机关整风运动尚未掀起高潮,嘱周撰文鼓动。周即写了杂谈两篇,题为《解放思想》和《变冷为热》,交给曾干在团支部黑板报发表,其内容不过是消除顾虑,动员参加整风而已。不料随着"反右"斗争的扩大化,军区机关有人首先向周发难,大字报铺天盖地,针对两篇短文上纲上限。昔日战友或违心附和,或噤若寒蝉,或托辞远避,纷纷与周划清界线。唯独曾干拍案而起,为周据理力辩。然而,周终究被错划为右派,而曾干也受所累,遭到贬谪,落魄几至半生。此时正值"大跃进"高潮,周毓峰被发配到农村劳动,赴贺兰山炼铁,西干渠背土,什么苦都吃过,冬天手指被冻裂都见到了骨头,饥饿、疲惫和压抑,没有含冤而死已是万幸。身处逆境的曾干仍然时常劝慰,使周感到了人情的温暖。"文革"开始以后,周毓峰雪上加霜,被遣返回到湖南原籍农村。当时农村贫苦不堪,每年春节刚过,即青黄不接,周因是另册,更是常常家无余粮,老母乏养,妻、子啼饥,鹑衣百结,形同乞丐。而曾干在数千里外,仍然殷殷挂念,叮嘱周一定要坚信必有重见天日之时,并许诺为其复职奔波。果然经过曾干的多方努力,力求原军区老首长相助,使周于1975年春重返宁夏工作。党的十一届三中全会开始拨乱反正,两位老战友相继被平反。这个类似清朝诗人顾贞观和吴兆骞之间深厚友谊的故事也传为诗坛佳话。

湖南人以其深厚的文化底蕴在宁夏诗坛写下绚丽的一笔,随着周资生、彭锡瑞的逝世,周毓峰的南归,其影响也骤然下降。

段庆林与自度体

如今背唐诗已经成为年轻父母对牙牙学语儿女的第一种启蒙方式,然而就是这些年轻人,许多人自己对唐诗也是不甚了了。自从"五四运动"将古体诗词定性为封建文化以后,新文学成为青年人施展文学才能的广阔天地。毛主席关于旧体诗体裁束缚思想、不宜在青年中提倡的论断,更是影响深远。随着新时期中华诗词的复兴,从事诗词创作的青年越来越多。因为任何一种文学体裁如果没有当代青年的广泛参与,就一定不能够成为有影响的主流文体。所以,中科院院士杨叔子等人呼吁让中华诗词大步走进大学校园,以发扬传统文化。

与经济发展水平一样,东南沿海地区诗词创作远远比宁夏等落后地区繁荣,当今我国最著名的青年诗词社团是广州后浪诗社。宁夏从事诗词创作的青年,60年代出生的有段庆林、陆占洪等人,年龄更大些的有宣民庆、白林中等,更为年轻的是宁夏大学、西北第二民族学院新成立的诗社的学生们。一些在新诗创作中卓有成绩的宁夏青年诗人也偶尔客串写一些古体诗词。

念珠集

段庆林对诗词的喜爱可以追溯到小学时期，同村一位大哥哥从"文革"劫火中藏匿下来的小画书、小说等给了他最初的文学启蒙，样板戏的耳熟能详也使他无形中对韵律有了感性认识。办黑板报是从小学开始一直担任班干部的他的一项课外任务。他也就无师自通地写一些《庆六一》《迎国庆》等七言八句的东西，许多还被学校选中以毛笔字书写作为墙报张贴在县城的大街上。这激励了他的创作欲和发表欲。初一时，上高中的姐姐有次回来对他说，我们语文老师说你的作品还不能称为七律。他才知道诗词是要讲究格律的。他将抄录自己诗歌习作的笔记本一扔，开始大量购买并学习《诗词格律》《唐诗选》《唐宋词选注》等古典文学书籍，一位比较严肃的傅老师也主动把当时还难以见到的古典文学选本借给他看。从此段庆林浸淫在古典文学的海洋之中，从《诗经》到元曲，从屈原到毛泽东，他几乎阅读过我国历代诗歌的选集、主要作者的别集和《全宋词》等合集，难怪一位中文系毕业的朋友对他的古典文学功底感到惊奇。给他印象最深的是有一本叫作《历代名家词百首赏析》的书，选本和点评等十分精要，使他真正领会了古典诗歌的艺术技巧和无穷魅力。这本书后来在外地上学时不知怎么丢失了，他至今引为憾事。遗憾的是，他错过了新诗潮的高峰，直到80年代末朦胧诗选集的出版，他才认识到与古典诗歌完全异趣的现代诗歌的艺术魅力。80年代末，在秦克温等老师的提携下，厚积薄发的他同时开始了古体诗词和现代诗的写作，正式走上文坛。他的现代诗也十分地道，曾经在全国现代诗大奖赛中获奖，并被选入《宁夏文学作品精选》等多种选集中。

段庆林涉足了各种古典诗歌体裁。其最早以词入门，喜欢柳秦等婉约派和苏辛等豪放派以及南唐李煜等人的性情之作，而对花间派和格律派的"隔"很不以为然。他的作品《临江仙·澜沧江》空灵、《酷相思·孽债》沉郁、《鹧鸪天·内蒙古风情》豪放，风格各异。《卜算子·春寒》中"闹过花灯百蛰惊，冰似春情薄"句，一反比喻的常规，以抽象（薄情）喻具象（薄冰），似是创格。1994年夏天，他随宁夏诗词学会到石炭井矿务局采风，游其新辟三湖旅游区，即席赋长诗《三湖行》，修辞新颖，韵律宛转，周毓峰等前辈称赞一向以词擅名的他，诗没想到也写得这么好。他的律诗《开封怀刘少奇》中"锻铁双襟热，扶犁一脚泥"，和描写下海经商潮的《通胀》中的"谁随屈子观天色，也学王婆摆地摊"等句以及绝句《无名寺》等，善于炼字，属对工整，受到行家肯定。段庆林也是我区最早涉足散曲写作的作家之一，他被秦克温老师称为宁夏散曲第一人。他的散曲《[仙吕]一半儿·独生子女家教》等，保持了元曲蛤蜊风味。他的《[双调]折桂令·读〈科学的历程〉》等散曲，更是探索了散曲反映现代生活的新路。他还不局限于传统格律的束缚，作论文《自度体说》，创作了一些自度体作品，他的《名利场三令》《公关三剑客》《形式主义素描》等组诗，继承了现实主义诗歌传统，采用现代口语入诗，对社会不良现象进行了无情的讽喻。现代语言、现代韵律、现代生活、现代观念，多种体裁，题材广泛，是段庆林诗词的基本特色。

段庆林非常明白文学并不能给他带来功名利禄，他总是以一种平常心把诗歌作为他思想和情感的札记。与时下流行的现代诗私语化的写作不同，他比较关注社会、关注人生。与许多利用中华诗词图解政治的码字匠也不同，他总是艺术地反映生活，从形式与内容的统一中汲取思想和创造的乐趣。正如他在给温州的一位诗友的信中所说:"我觉得在内容上提倡'城市诗',在形式上提倡'自度体',不失为一种方向。中国社会正处于转型期,经济体制改革是社会发展的主流,市场经济观念冲击着城市计划经济和农村自然经济生产与生活格局,能够艺术地反映新形势下普通群众的心态,意义极大。"他的作品绝大多数是关注自己熟悉的城市生活的。如今段庆林已经渐渐淡出诗坛,并在经济研究方面取得了更大的成绩,从纯粹的诗歌到现实的经济,他始终保持着为人和作文的真诚,正如著名中国问题研究杂志《战略与管理》评价的那样,他"兼具历史眼光、学理根究和济世情怀",他的经济学论文和诗歌一样是他观照社会的一种方式。

原载《黄河文学》,2001年第6期,笔名凌子

且倚苍松看流云

——读李成瑞先生《流云集》

我与著名经济学家、统计学家李成瑞先生至今素未谋面。起初仅仅是从有关资料中得知，李老1921年12月出生于河北省唐县，华北联合大学毕业，1937年冬参加敌后抗战，在晋察冀边区从事新闻、财政等工作；新中国成立后，从事财经与统计工作，历任李先念同志秘书、国家统计局局长、中国统计学会会长、国际统计学会副主席、第七届全国人民代表大会财经委员会顾问等职，并兼任中国人民大学等国内许多著名高等院校的教授，著有财经、人口、统计方面的书籍和论文多种。

本文特别要提的是他还是中华诗词的业余爱好者和写作者，且成绩显著，出版有《流云集》。承蒙先生惠赠《流云集》，使我先睹为快。在这部诗集的后记中，李老这样谦逊地介绍了自己学诗的经过："我是一个财经工作和统计工作者，整天同钢、煤、粮、棉和一、二、三、四打交道。阅读和欣赏传统诗词，是我的一种业余爱好。偶有所感，也诌上几句，自觉意境不高，诗味甚少；且格律不工，少近体，多古体，故而未敢示人。退出一线工作以后，闲暇中对手稿略加整理，觉得雪泥鸿爪或不失为生活的印记。抄了几首向诗家请教，意外地得到鼓励，于是有付梓之议。收入这本小书的诗词一般是1978年以后所作……"书由中华诗词学会会长、著名学者周谷城同志题签，原国家计委副主任段云和河北大学教授魏际昌两位老诗人分别作序。他们对李成瑞先生的诗词创作成绩和艺术风格都作了高度的评价。李成瑞诗词以其清新的语言、隽永的意境、高尚的情感，在社会上尤其是统计界引起了较大的反响。我也是展卷拜读，爱不释手。

文如其人，每位诗人都用自己的思想反映着社会，用自己的眼光剪裁着生活、细细研读《流云集》，我觉得李成瑞诗词为情而作、为时而作、为事而作，有的放矢，语不虚发，有着鲜明的思想和艺术特色。

李成瑞诗词的第一个特点，就是能够尊重"诗要用形象思维"的艺术规律，情真而意切，把这点与"老干部诗"直白的诗风相对照，显得尤为珍贵。

在《七十杂忆》诗中，我们了解到李成瑞先生早年的一些生活片段。他未满周年，生母就早逝，是父亲将他养育成人，"静夜儿思娘，何从忆慈颜？唯记父抱儿，槐庭看月圆"，读之使人心酸。他七岁入初小，读书勤勉；十岁考高小，名列榜首。可是家里经济拮据，十二岁时，祖父想让他跟老板学徒，他哭了，是父亲向亲友借钱，领他考取了师范。谁知师范还没毕业，卢沟桥就燃起了战火，他的家乡唐县也遭沦丧。又是父亲，毅然送他投奔晋察冀边区北岳区根据地。从此决定了他一生的革命和生活道路，那年他才十六岁。而他的父亲却自留虎穴，为八路军征收救国公粮三十万斤，不幸被捕，受尽日寇的酷刑，坚贞不屈，英勇就义。"慈颜缁衣信步来，霎时凝作一尊铁"(《满江红·痛悼先父英灵,并示诸儿孙》),英雄气概,跃然纸上。他数月后才闻噩耗,国恨家仇,刻骨铭心。以至于48年后,依然"哭倒墓碑抱慈颜"(《长相思·到青虚山拜祭先父烈士墓碑》)。在《流云集》的扉页上,李成瑞先生郑重地写下了这样一行字:"谨以此书敬献给先父李登魁烈士。"其对父亲的感情,是亲情和革命感情交织在一起的。

李成瑞先生曾与徐前教授共同编写了《社会经济统计学原理教程》,相互切磋,交情很深。可书还没来得及出版,徐教授却突然离开了人间。李成瑞先生"忍看蚕损丝未尽,犹觉烛照泪不干",在《悼徐前教授》诗中,表达了不胜痛惜之情;在给徐夫人送样书时,也是"相慰言词费思量"。像这样饱含真情的诗句,《流云集》中还有很多。

《流云集》中还有一些炼字锻句、极为传神的佳句。如《中秋》诗写了1964年全家泛舟中南海的欢乐情景,其中领联"大儿争摇橹,小女依母怀",一"争"一"依",小儿女情态极为生动。其《沁园春·观老年秧歌队表演》诗中,"看彩衣粉墨,甩巾摆扇,"形神兼备;"孙孙小、任牵衣嬉闹,穿列钻行。"舐犊情深,尤其是"甩""摆""牵""嬉""闹""穿""钻"一系列动词,可以说是锤炼到了炉火纯青的地步。还有写西双版纳小学生"长街骑车一溜风"等句,都是极为生活化、口语化的绝妙好词。一些写景之作,也语言清新,情景交融,如"一路雪花迎车舞,盘旋渐入云深处"(《蝶恋花·冒雪游喀尔巴阡山》)。

诗歌是抒情的艺术,也是语言的艺术,情到深处句自佳。李成瑞诗词的艺术魅力,得力于他真诚坦荡的情怀,也得力于他高超的文字驾驭能力。

李成瑞诗词的第二个特点，就是他以一位老革命工作者的坚定立场，积极关注着我国十几年来改革和开放的新形势，并对腐败和其他一些社会不良风气进行了无情的鞭挞。

李成瑞先生自1956年起，长期担任李先念同志的秘书，亲自经历了新中国成立以后历次高层政治风云。可以说，他对祖国前途的关注是甚于一般诗人的。1978年8月，十年浩劫后他第一次游颐和园，"欲抱湖山入怀亲"，悲喜交集，感慨万端。一方面，祸国殃民的"四人帮"已被铲除，"画廊画复喜有色，佛殿佛去泪无痕，相逢故友如隔世，共话劫波庆幸存"，拨乱反正，百废待兴，另一方面"两个凡是"等"左"倾思想仍然束缚着人们，关于真理标准问题的大讨论正在进行之中。他也许预感到了即将召开的具有转折意义的十一届三中全会对中国社会发展的深刻影响，最后以"秋来金风送酷暑，且倚苍松看流云"作结，表示要站在革命立场上关注政治和社会的发展。李老将自己的诗词集取名为《流云集》，也正是寓意于此。第二年春天，李老又一次游颐和园，他在附记中写道："这次游园，气候变了，心境与前次也大不相同了"，对改革开放的新时期充满了信心。李成瑞先生就任国家统计局局长后，更是春江水暖鸭先知。我国国民经济的超常规发展，使他激动，他写下了长诗《访渔家》等，记录下了这种翻天覆地的可喜变化。然而，1989年春夏之交的动乱，党又一次经受了严峻的考验。他在《蛇年岁暮抒怀》一诗中写道："征途多荆棘，天寒逐乱云。暮鸦聒耳噪，飞鸿宁自暗！临岐任泣返，阔步且高吟。春风一浩荡，艳阳花树森。"立场何其坚定。三年治理整顿后的1992年年初，小平同志的南方讲话似"万里东南风，玉关频吹度"，使我国改革开放的步伐又一次加快，李老欣喜地写下了《卜算子·贺七届全国人大五次会议》。这些言志诗也多采用比、兴、赋等艺术手法,强化了革命豪情的感染力。

《流云集》中,无论是怀古、悼友、抒怀、纪游之作,往往能够紧扣现实,有所教益。如《七十抒怀》"几曾奢望寿七旬,多少战友墓草深。甘附铁骥蹈烈火,幸从金凤换乾坤。此身自识稊米细,平生唯有赤子心。放眼云峰多岐险,慎哉韧哉后来人",这是李老七十年生活与思想的一个小小的概括,是自律,也是励人。在《夜梦亡友,有感而作》中,他更是对腐败行为表示了极大的愤慨。在《为拜金主义者画像》《钻钱眼》等诗作中,对那种一切向钱看的社会风气进行了嘲弄。李老还在《游溶洞闻奇语志感》附记中给我们讲述了这样一件事。那是 1985 年 4 月他在江南某地游览一大溶洞时,行至一大洞分为两个小洞处,导游指着洞介绍说:"这一个是升官洞,一个是发财洞,各位可自选一个进去。"李老闻之深有感触,随即与友人谈到大革命时期黄埔军校大门上有副对联:"升官发财请走别路,贪生怕死莫入此门。"认为这虽"小事"一桩,却折射出了世风人情,使他夜不能寐,忧心忡忡。还有在北京至巴黎的波音飞机上,他想到了十年浩劫和我国在科学技术上的差距;在荷兰友人简朴而亲切的宴会上,他嗟叹国内的公款吃喝风,想起了几千万还未能脱贫的农民兄弟。真可谓是进亦忧,退亦忧,忧国忧民,不失其赤子之心。

李成瑞诗词的第三个特点是,以诗歌及附记形式反映了我国改革开放以来统计界在国内和国际上的一些重大事件。

李成瑞先生曾经作为中国统计界的行政与学术领导,对新时期我国统计工作的恢复、发展,对统计科学研究百花齐放局面的形成,对扩大与国际统计学界的交往,都做出了重要的贡献。作为当事人,他的诗词是当时情景的速写,他的附记是真实的史料,两相对照,使我们在艺术欣赏之余,又像是读到了一本统计简史,一部心灵史。例如,他以诗词的形式反映了中国统计界的"五个第一次"大事。《声声慢·峨眉梦觉》,是写1978年11月28日至12月9日,李老在四川峨眉县红珠山主持召开的"统计教学和科研规划座谈会"。在思想解放的春风吹拂下,这次会议打破了50年代以来我国统计学术上的一些禁区,并决定筹备成立中国统计学会,而后来以新中国统计理论研究的转折点经常被人提起。《西江月·九溪十八涧》,写1979年11月在杭州召开的第一次全国统计科学讨论会及中国统计学会成立大会,"历尽九曲十八弯,方闻大海召唤",形象地说明统计科研工作从"寒蛰低诉"到"百鸟腾喧"的来之不易。《蝶恋花·国际统计学会马尼拉会议侧记》,是写1979年国际统计学会恢复我国合法地位后,新中国统计代表团第一次参加国际统计学会活动,从而为更广泛地开展国际交流铺平了道路。"黄白黑褐肤色异,滔滔共论斯塔蒂。"(斯塔蒂,即STATISTICS,统计),新鲜而令人兴奋。《渔家傲·国际统计学会马德里会议小记》,是写1983年,在这次会议上,我国1982年十亿人口普查工作及有关论文得到高度评价。"彩裙响板为谁舞?"不言自明,诗人充满了自豪之情。1987年10月15日,李成瑞先生又授权在国际统计学会东京会议上发言,提议由我国承办1995年国际统计学会第50届大会,获得一致通过,掌声经久不息。他以一首小诗记录下了当时的情景。现在由中国统计学界首次举办的国际统计会议,将于8月下旬在北京召开,届时将有1000名左右中外统计学家参加,李成瑞先生也向大会提交了特邀论文,想必也一定会赋诗志贺的。

《流云集》中有关统计活动的还很多,如我比较喜欢的那首《东京白纸庵》。这首诗先是以"熙攘东京市,幽雅白纸庵。窗明翠竹静,泉清游鱼旋。"点明地点、环境,随后写"森田老会长,须发雪斑斑。在此宴邻友,盛情实可感",推出人物、事件;接着是宴会的细节描写:"跣足榻榻米,盘膝几案前。铮铮有唐乐,文化本同源。三五和服女,轮流跪奉餐。虽是古传统,于心实不安。东瀛佳肴列,盘中多海鲜。更有东坡肉,神州风味传。频频共举杯,欢声笑语喧。"其中"榻榻米""和服",日本风情;"唐乐""东坡肉",中国风味,虽似信笔写来,却是句句紧扣"中日友谊久,悠悠二千年。两国统计界,交往此肇端。"这一主题。最后以"席终意未尽,握别期重见。戴月回大谷,友情萦梦间。"作结,余韵无穷。就这样从一个小角度,把中日统计界交往的一件大事,写得有声有色。全诗结构严谨,语言朴实,是统计题材文学中的佳作。

李成瑞先生以其丰富的经历集老干部之忠贞、学者之才识、诗人之情怀于一身,为情造文,不能简单地归属于"老干部诗"之列。至于"词优于诗"之说,我认为他的词相对较少而质量较为整齐,而诗较多则瑕瑜互见,实际上其代表作还是诗。其诗作形式不局限于近体、古风、楚辞、歌行、杂言,运用灵活,也值得重视。

《流云集》中,绝大多数诗词后都有附记,采取这种诗文结合的形式,一方面可避免犯把政治口号、业务术语生硬地嵌入诗词的毛病,以保持诗歌语言的形象性,另一方面在附记中介绍创作背景等,有助于加深读者对诗词的理解。

李瑞成诗词不拘泥于格律。体现了鲁迅先生的作诗思想:"诗须有形式,要易记、易懂、易唱、易听,但格式不要太严,要有韵,但不必依旧韵,只要顺口就好。"《流云集》可以说是新时代中华诗词创作的一个有益尝试。我们期待着读到李老更多更好的诗作。

原载《调研世界》,1995年第4期

附记:
1996年我被借调到国家统计局工作时,曾应邀到李老家中拜访。离休多年的李成瑞先生,一方面通过建言,一方面通过诗词,继续关注改革和发展,关注普通工人和农民的生存状态,被称为"左派老人"。后以《千人断指叹》《朱门内外》等诗词闻名。拳拳之心,岂能仅仅以诗艺评之。

2010年10月1日

自度体说

在当代中华诗词创作中,以"自度曲""度词""新乐府"为标志的诗歌形式近年来已经取得了一定的成绩,经《中州诗词》等报刊的评介与积极倡导,更加引起了诗词界的关注。如何命名和界定这一新的诗体,以澄清理论上的混乱,有待诗界进行广泛的研究并取得普遍认可。

一

我国古典诗歌往往起源于民间文艺,是可以谱曲歌唱的文辞。无论是民间还是文人创作,摆脱原有固定辞谱而自行创新的、可以称得上自度的作品古已有之。比较典型的是南宋词人姜夔。他在自制曲长亭慢小序里说,"予颇喜自制曲,初率意为长短句,然后协以律",其"每自度曲",常"使工妓隶习之",朋友亦"辄歌而和之"。其"自度曲"共有大家现在熟知的扬州慢、淡黄柳、石湖仙、暗香、疏影等十二首,透露了自度曲创作方法上的一些信息。这种先成文辞而后制谱传唱的做法突破了因乐造文、因文造情的樊篱,比较注重内容情感的传达,达到了较高的艺术水平。在这里"自度曲"之"曲",可以看作仅仅是乐曲意义上的曲调。随着元代北方少数民族入主中原,一种新的诗体——散曲形成。"唐诗""宋词""元曲"成了中国古典诗歌特指的范型。今天所谓的散曲在元代一般被称为乐府或词,"散曲"之名始于明初朱有敦的《诚斋乐府》,是指不成套的零散曲子,但明清两代一直很少有人沿用。我们今天所谓的"散曲"概念,是"五四"运动以后才逐渐形成的。所以"自度曲"称谓上的混乱真正是始于现当代的。当代人所创作的"自度曲"几乎是与乐曲无缘的,其传统之意义(名)已经不符合诗词创作之现实了,所以有人提出将"自度曲"改为"自度词"或"度词",要为之"正名"。然而,在当代诗词创作中,"自度曲"的概念中"曲"越来越有了"散曲"之意。丁芒先生的"华筵颂""裙带风""出国风""经商风""内耗颂"等和我的"联产承包变革前后农民心态""名利场三令"这些属名"自度曲"的作品,表现出了"散曲"的某些风格和特点;而王国钦属名为"度词"的"秋光好""相宜芳""壮侠游"和张智深属名"自度词"的"小村""泪札""离虎泪"等篇则表现"宋词"的特点。在这里"自度曲"和"自度词"分别表明了对自己创新参照物"元曲"和"宋词"的某种认同。叶元章先生在《当代中国诗词精选》的前言中,明确地称"曲则有散曲和自度曲",在理论上把"自度曲"和"散曲"并列为"曲类"。王国钦也认为:所谓"度词",首先是"词",其次是"度",既如此,作品就非诗、非曲而必须具有词的语言、词的风采、词的韵味、词的旋律了。那种把当代"自度曲"和古代"自度曲"一样认为"均非散曲意义上的曲"的论断,显然忽视了当代诗词的实践。

鉴于目前这种混乱,我特意提出"自度体"诗歌这一概念,来统称那些保持了中华传统诗词曲赋的某些形式特点而创新自制的诗歌。它和以白话为基础的"自由体诗"的区别在于它并没有完全抛弃传统的形式特点,特别是其特有的内在声情与神韵。在"自度体"之中又可细分为"自度曲""自度词""自度诗"等类,这里的"曲""词""诗"应该明确为"元曲""宋词""旧体诗"等,这样,"自度曲""散曲"与"自度词"的混淆将迎刃而解。至于"度"与"自度",本来就意思一样,没有争论之必要。我认为应遵守约定俗成的叫法,称为"自度"为好。将"自度曲"改为"当代诗"也不妥,容易与新诗相混淆。

二

自度体诗歌的外延,是个不容易划分清楚的问题。王国钦认为"远自汉魏隋唐以来所有与近体诗(或称为唐体诗)、词、曲相对而言的乐府、杂言、歌行等诗体,都应该属于'自度'的范围,至于更远的诗骚,更是如此",是个比较宽泛的概念。其实"自度体诗"是从作者—作品关系出发,强调其作品的形式独创性和表现灵活性。根据对"自度曲"类作品的研究,我认为从理论上还是应该遵守如下原则:

一是自度体诗是个人(主要是文人)创作。《诗经》、汉魏乐府古辞、南北朝乐府民歌和后来宋词、元曲中绝大多数起源于民间,分不清创作者的词(曲)牌,不应列入,以体现"自度"。

二是自度体诗歌是诗谱形式的独创。按已有音乐谱或文字谱填写的作品不应列入。例如,《暗香》对姜夔来说是"自度曲",后人按其谱填词的《暗香》就没有人称自度曲。这也说明自度体诗只有现在进行时,已有的形式不过是它的参照物;将古典诗歌中的别体招揽在自度体诗的旗帜下是没有意义的。

三是自度体诗歌是中华诗词曲赋某一范型的模仿。这是创新的基础，新格律诗、现代歌词不应列入。

以上三点是依据当今自度体诗的创作实践总结出来的。的确，要完成这个概念的定义还为时尚早。在这里，我并不提倡"自度体"诗歌必须符合中华诗词传统的语文规范和修辞习惯，也不强求基本符合中华诗词的平仄规律，去刻意协律。因为一个时代的诗歌形式必须适合该时代社会生活和语言的发展，抱着已经死去的语言去奢谈诗歌创新是徒劳无功的。自度体诗歌强调与传统诗词的神似，那种过分强调形似的创作，不过是对《钦定词谱》之类的小小补充，并没有太多的现实意义。

自度体诗是中华诗词在新旧体诗的相抗衡中，互补互长，逐渐融合的一种形式。但其能否成为我们这个时代的"主流诗坛代表形式"，还有待实践检验，不可盲目乐观。新诗（主要是自由体诗）是比较适合当代语言和生活的，是对中华传统诗词的革命，经过将近一个世纪的发展，已经成绩卓著，趋于成熟，拥有广泛和主要的读者群和作者群。而旧体诗词和自度体诗是不能与之相比的。自度体诗充其量不过是中华诗词的发展方向之一，并可能对新诗产生一定的积极影响。但欲取新诗而代之是不可能的。

在自度体诗中也有个发展方向问题，我认为借鉴民间文学和语言（如陕北民歌等），并积极反映当代重大社会生活题材是当务之急。当代自度体诗创作以丁芒、李汝伦成绩最著，丁作体制宏大，似套曲，讽刺入木三分；李作典雅工丽，似后期散曲。还有一些作者署名"自度曲""民谣体""新乐府""新道情"等作品，有蛤蜊风味，也值得关注。在形式上，古体诗重音乐谱，近体诗和词曲重文字谱，而当代自度体诗则一般呈现"无谱"特征。正如丁芒先生所倡导的："我们现在要追求的是运用当代口语,更自由地表述当代的思想感情,越自由越好,越是将格律传统与这种自由体式结合得天衣无缝越好"。口语化、无谱化是当前自度体诗发展的主流。当然,适当鼓励协律有谱,也有利于提高创作兴趣。

原载宁夏诗词学会编:《重振边塞诗风》,宁夏人民出版社,1996年

以诗学和史学的眼光观照中国当代诗歌发展

——访著名诗歌评论家朱先树先生

8月,借中国新文学学会第十九届年会在银川市召开的机会,我有幸结识了慕名已久的我国著名诗歌评论家朱先树先生。朱先生20世纪60年代中期毕业于中国人民大学中国语言文学系,分配在文化部工作,1978年到复刊后的《诗刊》从事诗歌编辑和评论工作,曾任《诗刊》杂志社理论评论部主任,并主持过《诗刊》刊授学院工作,目前仍然担任《诗刊》编委和编审工作。出版过《诗歌的流派创作与发展》《诗的基础理论与技巧》等诗歌理论专著,主编《诗歌美学辞典》等诗歌工具书,主持数种诗歌丛书编选,主编《中国当代抒情短诗赏析》等选集,特别是在我国新诗潮最为活跃的20世纪80年代和90年代初,他坚持十余年参与了《诗刊》年度新诗的评选,并撰写了新诗年度概评,出版有《80年代中国新诗创作年度概评》,对新诗的发展产生了积极和深刻的影响。

在新文学年会上,朱先树先生应邀做了《以诗学和史学的眼光观照中国当代诗歌发展》的大会发言。朱先生认为:80年代以来是我国文学艺术发展和变化最为迅速的时期,社会转型引起艺术转型,艺术形式的兴衰,艺术风格的嬗变,无不是社会意识形态变化的反映和需要。我们过去把政治标准看得太重,忽视了艺术本身的发展规律,通过改革开放和解放思想,政治对文学艺术的干扰已经大大降低。值得注意的是进入90年代以后诗歌发展呈现出多元化局面,"第三代"主义流派林立,但许多仅仅是宣言而已,缺乏值得一提的文本,许多争论并非艺术层次上的辩论。他们中的许多人很有才华,但缺乏思想的深度。诗歌艺术是一个继承、创新和发展的过程,艺术必须创新,从社会到内心都应该是现实生活的反映,私生活不是不可写,但必须首先考虑如何艺术化。强调个人化写作只能使诗歌和诗人边缘化。我们必须历史地看待当代诗歌的发展,把艺术与时尚区分开来。

朱先生的发言得到了与会代表的热烈欢迎。在会议间隙,8月17日,在朱先生下榻的银川新华饭店,我们采访了朱先树先生。

段:我曾经以"谁料赎身神庙后,如何沦落地摊前"两句诗,来描写文学艺术地位的变迁。摆脱了政治附属和奴仆地位的文学,在市场经济的大潮中生存更为尴尬。为政治服务是社会需要,为市场服务也是社会需要,诗人社会地位的边缘化,是否说明了社会对诗歌社会功能的需求降低?您如何看待艺术与政治、艺术与市场的关系?

朱:艺术是一种意识形态,艺术在一定程度上离不开政治,不可能不受当时政治的影响。艺术本身是时代的产物,什么时代产生什么艺术。延安时期之所以提出文艺为什么人服务问题,为什么不提倡写风花雪月,这是社会的需要。当时代发生变化,艺术也会相应发生变化。如果说十七年文艺有什么问题的话,就是当时我们的文艺政策还局限于战争年代的思维习惯,到"文化大革命"时期文艺工作就更加路子越走越窄了。改革开放思想观念转变,如果文艺政策把握得好，既把政治强加于艺术的东西抛弃掉，又能够充分发挥艺术的多元化功能，可能更好。但这只能是一种想象，艺术发展不以个人意志为转移，艺术发展的不均衡现象可能是事物发展的常态。我们还是主张一个时代应该有自己的主流艺术，能够综合反映时代精神。

　　文学艺术在传统社会中被看得过于神圣化，神圣化的副作用就是思想不自由。当前我国主要任务是发展生产力，以经济建设为中心，主要解决经济发展问题，文艺的发展相应降低到了次要位置，这是艺术又回到了其原先应该的位置。走下神坛的文学正在接受市场经济的检验，比如散文等具有休闲特征的艺术形式就得到了长足发展，而纯粹的诗歌则受到较大的冲击。应该看到大作家并不是为了生存而写作，艺术性作品可能永远没有市场，市场经济发达地区比如港台、欧美等地写作往往只是业余爱好，很少有人能够靠其谋生。像曹雪芹那样执着于对人生价值的思考、命运的关注和体验的升华的作家，并不为了某种社会需要而创作。

　　段：从"五四"新文化运动把旧体诗作为封建文化而抛弃，到进入新时期以后中华诗词的复兴，旧体诗与新体诗的发展似乎形成了此起彼伏的现象。您认为一些新文化运动主将回归旧体诗创作是因为其创造力降低的原因吗？您如何看待新时期现代主义文学风格兴起后许多中年作家将现实主义风格带入旧体诗领域？您如何看待中华诗词创作主体老龄化问题？

　　朱：传统诗词是中国文学史最为精粹的部分。从诗经、楚辞、乐府，到唐诗、宋词、元曲，中国诗歌逐步走上了一条格律化道路。由于农耕文化生活节奏缓慢，生活内容单调，旧体诗更多偏重于形式的发展,诗歌题材变化相对缓慢。"五四"新文化受西方文学影响,找到了一种更适合现代人情感表达的方式。青年人应该以新诗创作为主。中华诗词的复兴适应了反映现实生活的需要,人为遏制旧体诗的发展是不可能的。

创作力衰退是每个作家客观存在的生理和心理规律。格律诗有固定的形式,便于敷衍成篇。新体诗比旧体诗更难写,写好更难。但艺术是相通的,新文艺工作者对旧体诗的染指,一般都能保持在一定的艺术水准之上。不要一辈子当作家,想写则写,不要为了维持自己在文学史上的地位而硬写。

中华诗词的创作具有一定自娱自乐的性质。旧体诗爱好者很多,大多数人是老干部,队伍大就难免水平参差不齐。旧体诗最大的问题是许多作品不是诗,主要存在两个问题:一是政治化,过分紧跟政治,又缺乏驾驭政治题材的较高艺术能力;二是一般化,缺乏语言的张力和感情的蕴含,精品少。

段:新文艺工作者回归旧体诗创作的主要原因,除了创作力"衰退说"以外,我认为还有"排挤说"。随着新诗潮的兴起并最终成为诗坛主流,擅长现实主义风格的中老年诗人逐步被排挤出新诗坛,许多诗人被迫转场于旧体诗,形成了以现代主义风格为主的新体诗坛,和以现实主义风格为主的旧体诗坛并峙的格局。中华诗词成为现实主义诗歌的最后一块阵地。虽然这种嬗变有利于肃清"左"倾流毒,但在回归艺术的路径依赖下,平民化、个人化的写作,使得第三代诗人醉心于诗歌语言和风格的探索,离朦胧诗关注社会和政治的传统越来越远,诗歌的社会功能逐步被其他文学艺术形式替代。诗变得越来越纯粹,甚至堕落为语言的游戏,已经很少给读者思想的启迪和艺术的快感。从发行量来说,新体诗刊的萎缩和旧体诗刊的涌现,说明社会对诗歌需求的倾向性。

朱先树先生还就笔者提出的诗人如何深入生活的问题做了解答,先生认为诗歌既是抽象的也是具象的,诗歌具有自己的独特的文体和视角,不能简单地说诗人该不该深入生活,当然诗人不必像报告文学作家那样去记叙生活。诗人应该充分发挥诗歌艺术的特长,扩展诗歌的想象空间。朱先生精神矍铄,思维敏捷,谈笑风生,他的深邃的思想、朴素的语言、平易近人的态度给我们留下了深刻的印象。从著名诗歌评论家朱先树先生和诗词学会那些热爱诗词的老人们身上,我感到了诗歌的魅力和影响。市场经济虽然对诗歌造成了一些冲击,但诗歌不会死,诗歌具有顽强的生命力。网络文学的发展为文学的传播开辟了一条更为宽广的途径,网络上那些同样热爱诗歌的青年人预示着诗歌发展的未来。网络诗词已经成为中华诗词系统之外另一支生力军。应该推动中华诗词传播的网络化,推动老人们上网。以历史的和发展的眼光来看待文学的地位变迁,正确处理政治与艺术、艺术与经济的关系,是当前十分重要的文学理论问题。

(作于 2002 年 8 月 17 日。朱先树散文集《寻找阳关》,附录此访谈录,线装书局,2011 年)

代跋

淡淡的乡情

故乡是恬静的,像她身旁默默流淌着的黄河,给人一种母性的安详和可依赖感。我对故乡的那份感情,虽然是淡淡的,却也是长长的,常常悄悄地在心中流淌,亦如这条黄河。

黄河冲积的那块河东平原,就是故乡,俗称河东,红头文件上叫陶乐县。至于这名儿,有的说这里早先是荒无人烟长满芨芨草的"套虏湖滩",有的说这儿最早是一拨"逃荒落难"人开发的,后来建制时因谐音取了现在这吉祥的名字。平原的东边,是一望无垠乳峰似的毛乌素沙丘。成吉思汗的守陵人——鄂尔多斯人会偶尔从沙丘间的羊肠小路上拉下一队骆驼,驮来甘草和羊皮,换回白面和黄米。听着他们叽里咕噜唱着蒙古歌,吃着他们给的奶酪子,孩子们会跟着驼队跑着、笑着、嚷着……

木船是解放前故乡与河西最重要的交通工具,我家邻居刘小爷爷就曾经是位艄公,运粮运草运石头。唱着高亢而凄婉的船歌:妹妹你穿上新嫁衣,哥哥我舨你下河西……将一位位模样好一点的妹子,送过黄河到条件较好的地方去成亲。直到我懂事时,他还唠唠叨叨地诉说着他的婆姨小嘴嘴、小脚脚,是如何如何的俏;然后长叹一声,说后来让一场大风给卷走了,再也没能找到。他至死都忘不了那被河西人拐走的未婚妻。小时候常听老奶奶讲刘小爷爷那辛酸而短暂的罗曼史,讲河西城隍庙玉皇阁热热闹闹的庙会;听老爷爷讲鄂尔多斯草原是如何骑着马也跑不到边。心中总有一种向往,对山外边、河那边的一切总有一种神秘感。而每次目光总是最后从那遥远的山坡上疲惫地退了回来,在老奶奶的怀里流着泪悄悄地睡着了。

我第一次外出,是考到很远很远只在中学课本上认识的古城去上学。父亲背着铺盖送我。当渡轮渐渐离开故土,故土在眼中越来越小,我心里有一种说不出来的欣慰。这一去就是几年,眼界开阔了,思想复杂了,对故乡的感情也越来越淡。几年后当我已经适应了大城市生活时,被一张"就近分配"的毕业证送回了原籍。

那是刚刚联产承包变革后的故乡,着实有一种欣欣向荣的景象。看着那陌生的面孔、陌生的建筑和陌生的绿洲,我从内心深处感到自豪。可故土毕竟还是故土,你会突出地感到她的小。全县仅两万居民,能够提供给你施展才华的舞台又有多大呢。物质生活的宽裕和安逸,始终排解不掉精神生活的单调和乏味。父母早已为我操办好家当,催我快点成亲。可我却在拼命地读马克思读凯恩斯,积蓄走出故乡的能量。

但故乡的恬静的确使人留恋。清晨随便拿本书走在田埂渠堤,听朴实的蛙、灵巧的鸟自在无忧地歌,——啼出自己的歌;傍晚走过河滩地,看红红的夕阳、白白的羊群悄悄地在蓝蓝的天空下、绿绿的草原上蠕蠕而动;或者趴在窗前欣赏丝丝的雨、片片的雪悠悠地落,咏一句"好雨知时节"或"瑞雪兆丰年",心中一片宁静。

亲情也是一种恬静,只有万籁,没有噪音,是抚慰,是宽容,更是疲惫时的梦乡。不是那种粉饰着色于外表的涂料油彩,而是内心深处的沉淀。乡情虽然是淡于血亲的亲情,淡于血缘的地缘,却是涵容血缘的一种更为复杂更为开放的亲情。恬静使人安逸,母亲语重心长地劝我不要脱离这种恬静:"外面人生地疏的,在家我们也好有个照应。"不无挂念与担心。

我还是执意调动到了省城。每当我工作遇到困难、生活遭受挫折时,我就情不自禁地想起故乡。疲惫时坐上长途车赶回来,在故乡的恬静中调节情绪,汲取力量,精神百倍地重返闹市。是故乡的恬静滋养了我的不安分,并使我以这种恬静对抗噪音。而顺利时的乡情,却总是淡淡的,没有欣慰,没有惆怅。这种淡淡的乡情,却是与生俱来剪不断血脉相连的脐带,是镌刻于游子心赤子血上永不漫漶的记忆,是日日夜夜岁岁年年都流淌着的黄河,总是默默地流……

(作于 1990 年 8 月 3 日。原载《中国统计信息报》副刊,1990 年 10 月 29 日。发表当日恰逢母亲去世,对失去母亲的故乡,似乎又淡了一份乡情。)

后　记

　　《念珠集》和《丁香集》，本来是20多年前就应该出版的著作，主要由于希望能够抽空再多写一些，不想竟然延宕至今。2009年准备出版，特意邀请了著名美学家尹旭先生赐序，谁想出版因故再次搁置。去年宁夏诗词学会决定将拙著列为宁夏诗词丛书之一资助出版，感谢学会的资助和督促，终于使自己下决心抽空对诗作进行了系统整理。又邀请青年文学评论家牛学智另作序二，主要对新诗等进行了评论。

　　1.《念珠集》

　　念珠集，取慈悲、禅悟、圆满等意思，希望诗作如意念之串珠，也取字字珠玑之意。2001年左右，我曾经以"e代天骄e可汗"网名在一些BBS上发表了一些过去的诗词作品，当时以"e可汗"的谐音分成若干专辑发布，这次也基本保留了各辑原来的名称。

　　本书主要诗词曲作品创作于20世纪80年代末和90年代初。我受《历代名家词百首赏析》等影响，以词体入手，并开始一方面从近体诗、古风上溯，一方面从散曲、自度体、新诗、民歌体、评论等向下延伸。以本名及笔名陶乐、凌子等发表过诗词曲、新诗、评论、散文等。秦克温会长生前对我的创作给予了高度评价。由于工作繁忙，我的文学创作一度减少。当前宁夏诗坛新人辈出，自己还需百尺竿头更进一步，才能不辜负秦会长的期望。

2.附录《丁香集》

《丁香集》是我与爱人的新诗合集。我的新诗主要受当时朦胧诗以及新格律诗的影响,1990年左右,正是我从浪漫派向现代派风格转变之际,结果那段时期创作的新诗,绝大多数未能入选本书。曾经想就《岩画、船歌与香客》做一个专题,这也是《丁香集》涉及历史、爱情、乡土、哲理等题材的原因。

我爱人毕业于美术学院国画专业,上大学时阅读过中外浪漫主义诗歌。她的诗歌主要创作于1990年上半年恋爱期间短短半年多时间,此后再未续作。她的诗歌反映了恋爱期间爱怨交织的心情。我当时把她的诗歌看成如白朗宁夫人抒情诗一样,每首都抄写在我的笔记本上,尤其喜欢《三月的风》《紫丁香的梦》等佳篇。她后来以画成名,对诗名很淡漠;除了少数几首我早年代她投稿发表以及收入《宁夏文学作品精选》之外,绝大多数诗稿从未公开发表。这次借我出版诗集之际,将新诗合集为《丁香集》附录书后,算是对过去那段感情的纪念吧,也希望诗评家给予更多的关注。

最后,非常感谢宁夏诗词学会的资助出版,感谢秦克温先生生前对我的提携,感谢魏康宁、杨森翔、张铎、张嵩、白林中、闫云霞等诗友对我的支持。感谢尹旭先生、牛学智研究员的美言,感谢责任编辑姚小云的辛勤工作,感谢张宁的四封设计,以及王菲女士的排版,感谢学会张晓萍在资料方面提供的便利等,感谢出版印刷发行各环节的同志们。感谢宋琰、陈国鸿、关宁国、范彦奎等著名书法家惠赐墨宝。书中肯定还有一些不成熟之处,敬请各位读者批评指正。

段庆林

2017年5月1日